青畝俳句散歩

佐久間慧子

文學の森

青畝俳句散歩＊目次

装画・本文画　阿波野青畝『わたしの俳画集』より
装丁　巖谷純介

青畝俳句散歩

＊本書は俳誌「葡萄棚」に平成八年九月号より連載中の「青畝俳句散歩」より、平成二十九年九月号掲載分までをまとめ、掲載年により五章に分けたものである。

＊鑑賞句の表記は『阿波野青畝全句集』『一九九三年』に従った。そのため句集『萬両』の句は『定本　萬両』に、句集『春の鳶』の句は『春の鳶　改訂版』に拠っている。

＊鑑賞句の左に読みを新仮名遣いで記し、ルビはこれを省いた。

平成八年〜十三年

ローリングピッチングあり月跳び跳ぶ

〈ローリングピッチングありつきとびとぶ〉

昭和三十六年作／句集『甲子園』所収

『甲子園』は『紅葉の賀』につづく第五句集。昭和三十一年から四十年までの作品が収められています。

自註に「鳴門海峡をわたるとき月が明るいので甲板に立った。しきりに船体が動揺する。酔わぬ私は面白くて渦の活溌な運動美を見ていた」とあります。

私の知るかぎりの阿波野青畝先生は健脚であり、運動神経の機敏な人でした。吟行では先頭を歩かれ、好奇心旺盛、何にでも勇敢に立ち向われました。この句も鳴門の渦潮を少年のようにたのしまれ、カタカナ表現をもって臨場感を上手く表出、月のあり様に感激、一句とされました。乗物に酔わぬ元気一杯の先生でした。

口開いて矢大臣よし初詣

〈くちあいてやだいじんよしはつもうで〉

大正十年作／句集『萬両』所収

京都、八坂さんの矢大臣は、たしかに口をひらいて、四条通りを見下ろしていらっしゃいます。

初詣という季語のはなやぎが匂いたち、丹にかがやくお社へお社へと人波がうごいていく様子が見えるようです。私は、この矢大臣さんの前へたつと同じようにぽかんと口を開けてみます。先生のこの句が日常の多忙さを忘れさせ、まことにほっこりさせてくれるのです。心おおらか、人生ゆっくりを教えられるのです。大正十年当時の矢大臣さんは現在より傷みもなく、さぞ美男でいらしたことでしょう。

大凧を平らかに地に置きにけり

〈おおたこをたいらかにちにおきにけり〉

昭和四十六年作／句集『旅塵を払ふ』所収

凧揚げ大会の一齣を詠われたのでしょう。天に一点となって揚がっている凧は、まことに小さいのです。ふだん見馴れている凧の常識を破り、地に置かれた巨大さに驚いているのです。

中七の措辞にその的確な写生力を見ます。水平に地に置かれた凧なのです。

季語は凧、春の部。

ひなげしの花びらたたむ真似ばかり

〈ひなげしのはなびらたたむまねばかり〉

昭和十三年作／句集『國原』所収

うす紙のような罌粟の花、中でもポピーと呼ばれるひなげしは風に素直です。そよ風が素通っていくだけで花びらをしなやかに反応させます。まるでたたむように、またふわっと起ち上がります。下五の表現にそのくりかえしの様子が的確に具現され、作者の昂りが見えます。さらに擬人的表現の妙を教えられます。

ハンカチの青ざめてゐる洗面器

〈ハンカチのあおざめているせんめんき〉

昭和三十二年作／句集『甲子園』所収

白いハンカチを洗うべく洗面器に浸けてあるそれだけの景です。しかし、この洗面器がアルミ製であることを誰もが直感できます。底にただようように沈んでいるハンカチは光の屈折によって、青白く見えます。まるで、人が青ざめ、ているような、そんな色合をして、洗面器の中での味わいを見せています。感性豊かな表現です。

けふの月長いすすきを活けにけり

〈きょうのつきながいすすきをいけにけり〉

昭和四年作／句集『萬両』所収

裏山から折りとってきたすすきを長さもととのえず無雑作に活け、月にささげている素朴な情景が見えます。表現の簡潔さを教えられます。

『自選自解・阿波野青畝句集』（以下『自選自解』）に拠ると、「ただ私はいままでややこしく混みいった句を拵えるのに努力した。むしろそういう方向に満足を感ずる時代もあったのであるが、黄金を伸ばす心地が大切也、さらりと詠いあげて何物かが大きく心に残るようにあるべきだ、と反省しはじめた頃の句である」とあります。青畝の一句としてこの句を挙げる俳人は多くいます。

書付にふびんと書かれ翁の忌

〈かきつけにふびんとかかれおきなのき〉

平成元年作／句集『西湖』所収

「寿貞無仕合《ぶしあはせ》もの、まさ・おふう同じく不仕合《ふしあはせ》、とかく難申尽《まうしつくしがたく》候。（略）何事も〳〵夢まぼろしの世界、一言理くつは無之《これなく》候。ともかくも能様《よきやう》に御はからひ可被成《なさるべく》候」

芭蕉、最晩年（元禄七年）落柿舎滞在中に妻同様の寿貞の死を姻戚、猪兵衛から知らされました。早速、それに対し右の返事を書きました。

掲句はこの一節をふまえ、〝ふびん〟という措辞をもって芭蕉忌を詠嘆しました。深読みをすると、青畝もまた若く逝った妻を思いやっているのかも知れません。

なほ口にある数の子の音楽し

〈なおくちにあるかずのこのおとたのし〉

昭和六十年作／句集『除夜』所収

季語は数の子。もともとはかどのこ。かどというのはアイヌ語のにしんのことで、その卵巣を訛って数の子といいます。多産の卵であるところから子孫繁栄の意をこめて数の子という、とする説もあります。『本朝食鑑』に「本朝流俗、歳首に家々数の子をもつて規祝の一具となして、子孫繁多の義に取る」ともあります。

この句、なほという副詞を味わいたいのです。喰積の数の子をぷつぷつと噛んで音をたのしんでいる様子を素朴に述べているのですが、数の子の本意をとらえています。いつまでも歯の隙に粒々とのこっている実感があり、また口をもぐもぐさせている状態も見えます。

二十六聖人の如波の雛

〈にじゅうろくせいじんのごとなみのひな〉

昭和三十七年作／句集『甲子園』所収

季語は「波の雛」。いわゆる流し雛のことで、人の罪を負うて流されてしまいます。竹串にはさまれて数多くの紙雛が渚から流されてゆくのですがその行方は岩につきあたり藻にまみれ、波をかぶり天命のままです。その姿は長崎の丘に立つ殉教者の二十六聖人の銅像によく似ていると直感した作者です。

秀吉の迫害により長崎の西坂に於いて十字架につけられ槍で殺められた二十六人の犠牲者は列聖に至りました。青畝にはカトリック信者としての作品も多く遺され、いかにも信仰者という世界のみを詠うのでなく自然とかかわり小動物を慈しみの目でとらえたものがあります。

右近まつる沢は五月を讃へたり

宇陀沢城址に登り右近まつりに会う

〈うこんまつるさわはごがつをたたえたり〉

昭和五十四年作／句集『あなたこなた』所収

大和榛原の伊那佐山に続く沢山に高山右近が十二歳で受洗した史蹟があります。五月五日、山頂の沢城跡で右近まつりの列福ミサが行われます。日頃はしずかな山里に聖歌がひびき、畦道では地元の婦人たちの手による草餅などが売られ訪れる人は多いです。聖五月の一行事をさらりと叙す句です。次は同時作。

大和なる右近まつりや田植前
絮となるたんぽぽ髪挿《かざし》にもならず
斑濃あり右近まつりの草餅は
遠足子右近まつりに一と走り

異なる金魚ファッションショウの如く出づ

〈いなるきんぎょファッションショウのごとくいづ〉

平成二年作／句集『一九九三年』所収

初案〈黒金魚ファッションショーが来る如し〉「かつらぎ」平成二年十一月号誌上に発表された句です。

出目金の黒衣をひるがえすようにおよぐさまをファッションショーとみなし、シックな服装のモデルの歩く姿を私なりに鑑賞していましたが、この上句の措辞に黒金魚にまさる妙味、現代性、下五の斡旋に写実のあり方を教えられました。青畝先生は翌々年の十二月二十二日、九十三歳を五十日残して帰天されました。句集『一九九三年』は平成五年七月角川書店から刊行されました。

先生には金魚を詠まれた作品が多く、〈作り雨金魚ちりぢりちりぢりに〉〈いつとなく金魚の水の上の煤〉などがあります。

どぶにほふ菩情申さず地蔵盆

〈どぶにおうくじょうもうさずじぞうぼん〉

昭和四十二年作／句集『旅塵を払ふ』所収

都会でも下町の露地露地に地蔵盆の提灯が揺れ、その下で子供たちの声がきこえるのは八月ならではの行事です。飾りつけは町内会の人々の手によりますが、長老など仕切っているところもあり子供たちを大事にするお祭です。地蔵菩薩への信仰のあらわれです。

上五の詠い出しに青畝先生らしい素朴な詩情がにじみます。たしかにどぶの臭うような庶民の町で子供が守られている様子がよく表現されています。句は直ぐなる心で、いいとめるのがよいと教わる句です。同時作に〈もの抛るどぶの音しぬ地蔵盆〉があります。

茲十日萩大名と謂ひつべし

〈ここのかはぎだいみょうといいつべし〉

昭和三十三年作／句集『甲子園』所収

先生の住まわれた甲子園のかつらぎ庵は萩の天地でした。大きな庭石、磯馴松、柿の木など堂々とした広い庭のたたずまいに流れるように萩が咲きました。お訪ねすると、その萩を縫うように飄々と先生は「来たか」といって出てきてくださいました。萩の花のやさしい風情に満足し、感謝されての日々の吟として掲句はあります。

自解に「自慢してみたいときは萩大名だよと冗談にもらすことがあった。萩大名という狂言の題を借用して多少興がっている気持を察しられたらよい」とあります。

先生の萩を詠った吟は多いですが〈蓑虫の此奴は萩の花衣〉も有名です。

娼婦より聞きし秋蚕を飼ひたりと

〈しょうふよりききしあきごをかいたりと〉

昭和三十年作／句集『紅葉の賀』所収

『自註句集・三宝柑』より。

　この句をとりだして今でも私の心に人間への興味をしみじみと及ばしてくるのである。

　私はこのとき娼婦を買ってあそんだというのではない。ばったりと出合ってその女の境涯を知ったのは、ふとした世間ばなしからひき出した。私も若いときに蚕飼の経験があるので、女の話に面白くなり合槌をうって聞かされている自分を顧みた。娼婦であっても同じ人間の価値を見なければ正しい社会ではない、というような真剣な気持になるのであった。

今では珍しくなった蚕飼を物語り性をもって叙しています。しかし、寓意で作っているわけではありません。写実の句です。

粉青沙器 白地鉄絵 草花文 壷

緋連雀一斉に立つてもれもなし

〈ひれんじゃくいっせいにたってもれもなし〉

大正七年作／句集『萬両』所収

緋連雀はもずくらいの大きさで葡萄褐色をしています。頭に冠羽があって尾の先端が紅いです（黄色いのが黄連雀）。通常、山林に棲んで群れをなしています。だから連雀というのでしょう。声はあまり好くありません。チリチリ、ヒリヒリと鳴きます。この句、青畝先生十九歳の作。この年悪性のスペイン風邪が流行、二人の兄を失い、当時京都に下宿していましたが郷里高取へ呼びもどされることになりました。京をはなれる名残に嵯峨の藪道を歩いていてできた句といいます。目の前に一群の緋連雀があらわれたと思ったらあっという間に渡っていったのです。一羽も残らず整然と。下五の瞬間の描写を学びたいものです。京都、嵯峨正覚寺に緑青色の円型の句碑があります。

ひとの陰玉とぞしづむ初湯かな

〈ひとのほとたまとぞしずむはつゆかな〉

昭和三十年作／句集『紅葉の賀』所収

季語は初湯。新年に初めてはいる風呂です。銭湯では元日が休みですので二日が初湯になります。一年のはじめの入浴で若返るといわれ祝うのです。若湯ともいわれています。

この句、発表されると問題になり、その大胆さに驚くと言った人があるそうです。しかし、まこと真面目に詠まれた先生の平常心を知るのです。全裸になって初湯に浸かりのどやかな気分になり、新春を祝ぐ人の姿です。先生の自解に「全裸は隠される部分がなく、実際の深さよりも浅く浮き、黒いところが沈んだ玉の形をなしている」「句材の如何を言はずにそこにある詩の心を素直にくんでほしいのだ」とあります。

しらべよき歌を妬むや実朝忌

〈しらべよきうたをねたむやさねともき〉

昭和三十三年作／句集『甲子園』所収

実朝は頼朝の四男で、頼家の弟です。陰暦正月二十七日が忌日。藤原定家に師事、家集『金槐和歌集』があります。万葉調の現実的な力強い歌風が特徴で〈箱根路をわれ越えくれば伊豆の海や沖の小島に波の寄る見ゆ〉などの歌があります。

青畝先生の句風もまたリズムを大切にされたものが多く、教示されたことの一に、あまりこせこせしたことを詰めこんではならぬ、感動をつきつめて、ゆったりと表現せよ、があります。若き日、万葉集を精読されたこともあって声調のおおどかさは俳壇で知られるところです。金槐集の実朝の歌に接しての素朴な感慨を一句に仕立てられた作品です。

しろしろと畠の中の梅一木

〈しろしろとはたけのなかのうめひとき〉

大正十四年作／句集『萬両』所収

日本中のどこの田畑にも掲句のような梅があると思います。野梅です。周りはまだ枯れ色をつくし寒さもきびしいとき、いちはやく咲く梅、けなげです。この句は先生の生地、大和高取の畠の景です。この梅が咲きだすと幼時、勇気づけられたといいます。何の変哲もない田舎の畠に咲く一本の梅の木が浮びあがってきます。下五の措辞に句格があります。

在りし日、先生をかつらぎ庵におたずねしたとき、「慧子さん、お正月やから書き初めしようか」とおっしゃるやいなや、もう筆硯を持って来られました。私は緊張して自句の漢字の少ないものを思い出し稚拙な字で書きました。その折の先生の短冊は、なつかしくもわが家にあります。

紅ほのぼのほのぼのと桜菓子

〈こうほのぼのはくほのぼのとさくらがし〉

昭和二十五年作／句集『春の鳶』所収

季語は桜菓子。桜の名所、吉野の葛でつくられた、舌にのせると淡くとけるやさしい和菓子。吉野紙でくるんであるのが透けていて、みるからに上品です。そのうす紙をとくとまさにほのぼのと紅は紅に、白は白に匂いたちます。

吉野山は馬の背、その一筋道にしもたや風の古い間口をみせて「久助堂」があります。その飾窓に先生のこの句短冊が飾られています。

「わが思い出の一つに吉野山の名物という桜菓子がある。五弁を正しく開く桜花を徽章のように押した吉野葛の干菓子、うすもも色と白とをとりあわせてならべてあるのがいかにも嬉しい」と『自選自解』に書かれています。

満面に汗して酬もとめざる

〈まんめんにあせしてむくいもとめざる〉

昭和三十九年作／句集『甲子園』所収

生きるために報酬という代価を求めるのは当然ですが、ときとしてそれが目的のために手段をえらばない合理主義は世を楽しくしないと思います。いかにも実直な人はたらたらと汗を流して人のため、社会のためつくし、損得を度外視します。そんな人にはなかなかなりにくいのですが、先生のこの句を折につけ思い出しては立止まります。迷うとき、いらだつとき、この句を心すると、すぐ答がでるような気がします。愚鈍でもいい、純に生きたいと思います。俳句についていえば、こつこつと努力し、結果は天にまかせればいいのです。愛をひたすらにして、感謝の心で句を作りなさいとこの句は教えているのでしょう。

青嵐朴なぶられてをりにけり

〈あおあらしほおなぶられておりにけり〉

昭和四十四年作／句集『旅塵を払ふ』所収

朴の葉のみどりは明るいです。花が終わると葉はのび放題です。山に向い大景を眺めるとき、この木だけはどこからも見えます。青嵐ともなるとその揺らぎかたがいちじるしいので誰もが見つけやすいです。この句、中七の「なぶられて」は擬人化表現で一瞬どきりとさせられます。青嵐に吹きもまれ、大揺れの朴をこのように捉え、主観をどっと出す表現に青畝先生の特徴がでています。自然風物にこれほどの主情をうち出す俳人でありながら、人に対しては淡々と、むしろ我関せずの態でおおらかでした。

掲句、無技巧にも見えますが、力点をしっかり見のがさない巧みさはすごい作り手です。

寝しづまりひとつ灯りて冷蔵庫

〈ねしずまりひとつともりてれいぞうこ〉

昭和三十八年作／句集『甲子園』所収

夏の食物保存と冷却のためになくてはならぬ冷蔵庫を詠んでいます。コンセントをさしこんでおくと三百六十五日昼夜のけじめなく動きつづけてくれる電気冷蔵庫です。

昼間はその恩恵に気がつきませんが、真夜中ふと目が覚めたとき、ぽっと小さな灯をともしている冷蔵庫に愛しみを感じることがあります。まるで命ある生きものを眺めるように眠ることなく起きつづけ人の生活をささえてくれていることに感じ入るのです。上五、中七の表現に、先生の胸中を見る思いがします。昔の冷蔵庫にはなつかしさはありますが掲句のような写実表現の妙は味わいにくいと思います。

レーニンが横倒しされ三尺寝

〈レーニンがよこだおしされさんじゃくね〉

平成三年作／句集『宇宙』所収

旧ソ連の象徴であったレーニン像がクレーンによって横倒しにされたこの事実を三尺寝という季語をもって一句にされています。三尺寝とは暑い夏の昼寝のことで、日影が三尺移るぐらいを眠るのでこのように呼ばれています。

この句、キリスト教信者であった青畝にはイデオロギーが何であったのか、また無惨にこわされたレーニン像をどのようにながめられたのか、平成に入ってソ連崩壊、湾岸戦争など世界情勢を多く句材に詠んでいますが、その心の奥に何があったのであろうと考えるのです。

先生の句集の寸言には「ソ連邦はいよいよ六十九年目の崩壊と宣言した。私の一生で共産党が生れて消えたという訳だ。――平成三年十二月」とあります。

去る者を追はず天下の子規忌かな

〈さるものをおわずてんかのしききかな〉

昭和二十二年作／句集『春の鳶』所収

季語、子規忌（正岡子規＝松山の人。明治三十五年九月十九日死去、享年三十六、俳句の革新と写生説をとなえ、実践した人）。

掲句、青畝先生四十八歳のときの作品と思い鑑賞すると人生半ばの諦念と哲学をにじませ、何よりも俳句への情熱を教えられます。主宰とし、何より自ら実作者として歩む日々の中で去ってゆく門下生があったのでしょうか。子規忌に際しての青畝の決意がのぞきます。

この句、必ずしも俳句の道にある人にのみ通じる狭義な解釈に了るものではなく、寓意をもたすべきではないかも知れません。「去る者を追はず」は『孟子』の一節で「来る者は拒まず」が省略されています。

閻王に秋官どものの小顔かな

〈えんおうにしゅうかんどものこがおかな〉

昭和三十七年作／句集『甲子園』所収

季語は閻王。七月十六日は閻魔大王さんの斎日で地獄の釜の蓋があく日です。閻魔堂には香煙が立ちこめ、お詣りする人が多くあります。閻魔の坐像はがっしりと大きく、眼は爛爛と、口は炎がとびでそうに喝とあいています。その両側に居ならぶ十王はそれぞれ裁きの役柄があってこれもまたこわい顔をしています。掲句の秋官とは中国周代の六官の一つでいわゆる訴訟、刑罰をつかさどった司法官という役です。

句意はわかりやすく、閻王のいすくめるような御顔、御姿にくらべ、その膝下にならぶ秋官の小柄、小顔に閻魔の国の威厳を感じとっているのです。秋官という措辞から青白い顔をこわばらせてならんでいる役人が見えるようです。

威銃大津皇子は天に在り

〈おどしづつおおつのみこはてんにあり〉

昭和五十一年作／句集『不勝簪』所収

天武天皇の皇后、鸕野皇女《うののひめみこ》には病弱なわが子草壁皇子がありましたが、文武両道にすぐれた大津皇子（亡姉大田皇女の子）の存在は心さわぐ存在でした。天皇が崩御するとまもなく大津皇子は謀反の罪を着せられ二十四歳で処刑されました。

奈良は葛城山脈の北端、二上山の雄岳の頂に大津皇子の墓があります。この山麓は染野ともよばれ、野の幸山の幸が豊かで春夏秋冬訪れる人が多いですが、大和育ちの青畝にとってはなつかしい土地柄だったと思います。豊の田に鳴る威銃は、あたかも大津皇子を弔っているかのようにひびいて、青畝は悲運の皇子を深く思いやったのでしょう。下五、「天に在り」に省略の妙。

犬老いて涙を垂らし年惜む

〈いぬおいてなみだをたらしとしおしむ〉

昭和五十年作／句集『不勝簪』所収

　老犬の姿をあますことなく詠っています。言葉を話せない動物だけに人間は察していたわってやらねばなりません。年を重ねると人もまた涙腺がゆるむので知らず知らずのうちに涙が垂れます。犬も同じ。生きとし生けるものはみな老いるのです。

　掲句はどこか青畝の諦観をにじませ、感情移入された仕立になっています。その心をもって季語、年惜むを力一杯詠っています。俳のたのしさを知るゆえに、淋しい境地も超えていく青畝なのです。益々いぶし銀のような流麗さと俳諧味の句を発表され、弟子を指導、心深い師でした。

大和なる群山の春立ちにけり

〈やまとなるむらやまのはるたちにけり〉

昭和五十五年作／句集『あなたこなた』所収

青畝は大和生まれ。この地に寄せる思いは深く、詠んだ句は多いです。掲句はまるで『万葉集巻一』の初めに見る長歌

大和には　群山あれど　とりよろふ　天の香具山
登り立ち　国見をすれば　国原は　煙立ち立つ
海原は　鷗立ち立つ　うまし国そ　蜻蛉島　大和の国は　（舒明天皇）

を独自の技法でわずか十七文字の俳句に詠いあげたような感があります。青畝もまた舒明天皇のように香具山からおだやかな大和平野を眺望し万葉の昔へ心を悠遊したのかも知れません。いわゆる追体験をされたのであろうとも思いま

す。季語、「春立ちにけり」のおおらかな表現、まるでアダージョのリズムにのるように舌頭にしてみると快いです。

角巻のもたれあひつつ二人行く

〈かくまきのもたれあいつつふたりゆく〉

昭和二十七年作／句集『紅葉の賀』所収

この句、昭和二十七年三月、みちのくへ旅をされたときの作品です。大和生まれの青畝の目にみちのく風俗の角巻姿は、旅の情緒がどれほど斬新で愉しく映ったことでしょう。中七から下五にかけての描写に仲良しの人物がお互いに肩をすりあうように、角巻をすっぽりとかぶって歩いていく姿が見えます。真白の雪の景の中で角巻の色はおそらく暖色系統でしょう。

長く厳しい冬を過ごさねばならない東北の民の衣装は、都会の華やかなものとはちがう質素な中につちかわれた飾り気のない美しさがあります。この一句にこもる青畝の慈しみの心と目をほのぼのと味わいたいものです。同時作に〈みちのくの子の赤足袋の鞐《こはぜ》見え〉があります。

もらひ風なる山吹のゆれにけり

〈もらいかぜなるやまぶきのゆれにけり〉

昭和四十七年作／句集『旅塵を払ふ』所収

上五の「もらひ風」は青畝の造語で、感銘した通りをそのまま詠いだしておもしろいです。おそらく自然からもらう風、いいかえて天から与えられた風よと謙虚に受取めて、その風の中で無心にゆれる山吹をいとしいと思ったのではないでしょうか。山吹は芭蕉が〈ほろほろと山吹散るか滝の音〉と詠った一重山吹だと思います。勿論、先生はその芭蕉の句を思っておられたのでしょう。青畝の自註に「神庭の滝へ岡山県勝山の俳人が私をさそうてくれて詠んだ句である。ものしずかな山冷の少しおぼえる林の中をたどってゆく（略）目立つわけではないのに一重山吹が長い枝をものうげにうごかしている。それはウインクを私に送っているように見えるごくひそやかな愛嬌でもあった」とあります。

蟻地獄聖はめしひたまひけり

〈ありじごくひじりはめしいたまいけり〉

昭和二十七年作／句集『紅葉の賀』所収

西ノ京唐招提寺を開山した唐僧鑑真和上への思いをふかめた作品。六月六日は鑑真忌であり参詣者に木像が公開されます。寺領の中には墳墓があり青畝もそのしずかなたたずまいに歩をすすめ、大和上の失明にもめげず日本に渡ってくるまでの苦難をしのび祈りをささげました。歳月を経た墳墓のほとりには蟻地獄があり摺鉢状の穴へ墜ちてゆくせつなくもがく蟻が見えます。その姿に一瞬、鑑真の生涯を重ねあわせ、夢うつつのような境地を描いた一句といってよいでしょう。蟻地獄という残酷な季語の蔵している深い読みを味わいたいと思います。やさしみの詩情が青畝の作品には必ずにじみ人温というものを教えられます。

蝶涼し一言主の嶺を駈くる

〈ちょうすずしひとことぬしのねをかくる〉

昭和四十三年作／句集『旅塵を払ふ』所収

葛城山麓に一言主神社がある。ただ一つだけ願いごとをきいてくださるという神様でこの地の人々に親しまれています。大峰に橋をかける神話がありますが一言主神が容貌の醜いのを恥じて夜間だけ仕事をしたため完成しなかったということから転じて恋愛や物事の成就しないたとえや、醜い顔を恥じて昼間や明るいところをさけるたとえにもされています。先生のこの句、大和には珍しいごつごつとした男性的な山容を蝶は荒々しく駈けている、さすが一言主のお山だなあ……と感銘されての詠嘆です。昭和五十四年、葛城山頂上に句碑が建立されましたが私もその除幕式に列ばせていただきました。ツートンカラーのようなこの近代感覚の句碑は先生の洒脱な一面を見せるようです。

大根蒔き直してそろふ緑かな

〈だいこまきなおしてそろうみどりかな〉

昭和三十六年作／句集『甲子園』所収

最初蒔いたのがうまく育たなくて、もう一度蒔いたところ、いっせいに芽が出ていかにも勢いの緑を見せているよという景でしょう。

『自註阿波野青畝集』に「早く蒔いたのが虫に食われたり何かで大根が育たない。も一度おくれて蒔きなおしたのがよく育って間引もしてやると緑の直線が頼母しく見えた」とあります。蔬菜作りに煮食用のものは二百十日に発芽する位がよく、漬物用のは九月の上旬までがよいとかいわれているようですが季語としておもしろ味があり用例も多いです。山里に幼少時を過ごされた先生の田畑への感性を見る句柄です。間引菜のおしたしや漬物はおいしく、味噌汁に浮かせるのも美しく初秋の気分を感じさせてくれます。

白き翳聖母なり水澄めりけり

〈しろきかげせいぼなりみずすめりけり〉

昭和四十一年作／句集『旅塵を払ふ』所収

カトリック信者である青畝先生は、聖母マリアが好きだよ……とやさしい顔をほころばせ言われたことがなつかしいです。幼時に母親を亡くされた先生の心の中には、マリアは実母をしたうような愛の対象であったのでしょう。さらに、わが子キリストが磔刑に処された苦しみを、伏目がちに柔和、謙遜の面持ちで耐えておられるマリアのお像に向うとき、こよなく静謐な心を教えられるような気がします。

掲句は、その白い清浄なお像が澄んだ秋の水に投影、光の中で映っている実景を詠嘆しています。季節感を大事に句作りされる青畝の句です。

赤い羽根つけらるる待つ息とめて

〈あかいはねつけらるるまついきとめて〉

昭和二十九年作／句集『紅葉の賀』所収

共同募金の呼びかけに応じて、赤い羽根を手にもらおうとすると、「おつけしましょうか」と優しいしぐさ。気はずかしさをぐっと息をとめてこらえている作者が見えます。若い女性の体臭を近くしながら、ただ衿もとにつけてくれる赤い羽根を待ちます。誰もが経験するテーマを一つの私小説のように時間の流れを緊密に描いた作品です。俳句との関りを融通無碍に、エネルギーをもって対峙する青畝の代表句。

青畝には赤い羽根を詠んだ句が多いですが〈赤い羽根その日失ひ旅衣〉（昭和五十二年作）〈赤い羽根朔日の喪の装ひに〉（昭和五十七年作）などもあります。

太き尻ざぶんと鴨の降りにけり

〈ふときしりざぶんとかものおりにけり〉

昭和四十二年作／句集『旅塵を払ふ』所収

鴨の習性や姿をよく捉え、あたたかい眼差しの感じられる作品です。鴨は他の水鳥とちがい、スマートさが全く無くて鈍重です。そこがまた愛嬌のあるところで、大きいお尻をふりながら岸を歩く様子に微笑がわきます。掲句は浮寝をむさぼる昼間が過ぎ、そろそろ夕映えの刻ともなると、遠くの田畑へ餌を求めにゆく準備もあるのか、動きが活発になります。翔っては着水しますが、そのときの鴨のお尻が尻餅をつくかのように水に音をたて、何ともリアルな描写がおもしろいのです。中心を逃さない、感動をうけとめる青畝の作品です。

もう出たか一九九三の初日記

〈もうでたかいちきゅうきゅうさんのはつにっき〉

平成四年作／句集『宇宙』所収

集名『宇宙』は青畝先生らしい大人ぶりの広やかな命名です。また一方で近代感覚があふれていてユニークです。

年の瀬ともなると、はやばや来年用の日記が店頭の人目につくところにならべられます。誰もが「もう出たか」と思うように、そしてつぶやくように、それが即刻一句となりました。単純なモチーフながら、人の世を生きる味わいがあり、しっかり押さえが利いています。

俳句は自由の天地、素材はどこにでもという意欲旺盛な老大家の一句。『宇宙』は先生の十二冊目の句集であり、最後のものでもあります。この年、十二月、九十三歳で亡くなられました。

礫像に据ゑ日の本の鏡餅

〈たくぞうにすえひのもとのかがみもち〉

昭和六十年作／句集『除夜』所収

自宅の正月風景です。聖壇には礫像を安置、正月の大きな鏡餅が供えられています。一瞬、西洋と東洋が共存し、恬淡とした句作りに驚かされますが、こんなところがいかにも青畝らしいです。自ずからカトリック信仰を持ちながら詩情にあそぶその巾と奥行は意欲を超えて、全く詩人です。いまは亡き高柳重信が、四Sのなかで本当に新しいのは青畝であるといったのがうなずけるような気がします。中七の「日の本」という措辞に、自分が日本人であり、そしてカトリック信者であるという一貫した精神がうかがえます。青畝の霊名は「アシジの聖フランシスコ」。草花や動物、虫など自然の好きな聖人からいただいた霊名です。

恋猫に月の葛城醜けれ

〈こいねこにつきのかつらぎみにくけれ〉

昭和十年作／句集『國原』所収

季語は恋猫。いかにも俳諧的なこの季語は芭蕉の句にも多く、早春到来を感じさせます。

掲句、たのしく鑑賞すると〝葛城山の一言主神は恋に夢中になっている猫たちの顔や姿など見てはいないよ、自分は役の行者（役の小角）から命じられて、葛城山と吉野金峰山の間に橋を架けているのだもの。自分は大和醜男《やまとしこお》とでも名乗るほどの醜い男だから明るい昼間は仕事に出てゆかず、暗い夜に働いているのだよ〟です。役の行者は修験道の祖。葛城山で苦行修道し呪術にすぐれ神仏調和を唱え多くの伝説が残されています。この句、イメージに遊ぶ、大和を愛する青畝ならではの作品です。

鵯の言葉わかりて椿落つ

〈ひよどりのことばわかりてつばきおつ〉

昭和十六年作／句集『國原』所収

椿が咲きはじめると、毎日のように蜜を吸いにくるのが鵯。鵯の声は甲高く、ピーヨ、ピヨピヨ、ピョイーとかまびすしく鳴きます。ときに椿の蘂に嘴をつっこんで花粉まみれになりながら甘い蜜を吸ってご機嫌の鵯の声はまるでおしゃべりをしているようでもあります。

椿は鵯にとって知己も知己、親しい間柄で鵯の会話の聴き役でもあります。椿の花の精は、あるとき鵯の意に応答するようにぽとりと落ちて見せました。合点したよ……とでもいうように。鵯の心、椿の心になりきって詩情の虜となっている青畝先生の句です。

マハ椅子に凭るがごとくに花疲

〈マハいすによるがごとくにはなづかれ〉

昭和四十七年作／句集『旅塵を払ふ』所収

この句の季語「花疲れ」は俳句特有の情趣があって江戸の後期から使われはじめました。花見に行って歩き疲れることですが、案外その日の気候や人の多さに、また気疲れなどがともなって、帰宅するとやれやれの気分をも含みます。

掲句は、まさしく花疲れの様子をもの憂く詠嘆していながら、どこかに浪漫的な魅力をたたえ読者にゴヤの絵画「裸のマハ」「着衣のマハ」を思い起させます。ゴヤはスペインの画家で鋭い観察による、明るい色彩の肖像画や風俗画、宗教画、また幻想的な絵を描きます。青畝は花見から帰り、疲れた心身を投げだすように愛用の椅子にもたれかかったのでしょう。瞬間、ゴヤの絵のシーンを直感したのです。美術にも造詣深いのです。

菖蒲葺く屋根見て走るモノレール

〈しょうぶふくやねみてはしるモノレール〉

平成二年作／句集『宇宙』所収

季語は「菖蒲葺く」。平安時代の中期から行われている風習で邪気をのぞき火災をさけるまじないとされていました。五月四日、端午の節句の前夜、軒によもぎを添えた菖蒲を葺くのですが、樗を葺く地方もあります。

世はモノレールが走り、近代化のなかで、この古い季語をドッキングさせ、違和感のない一句に仕立てている青畝先生の俳句は、虚子の掲げた〝古壺新酒〟の意をしっかり踏まえています。〝古壺新酒〟は俳句という十七字の古い壺に花鳥諷詠という新しい酒を盛る意味で虚子の造語。市中から発車するモノレールからの視野に〝おやおや菖蒲を葺いている屋根が見えるよ、このあたり、市街地を離れ新緑の樹々も美しいね、五月だね〟と感じ入っている作者です。

妹にくるまくなぎは吾に見えずして

〈いもにくるまくなぎはあにみえずして〉

昭和三十二年作／句集『甲子園』所収

「妹《いも》」は男性から妻、恋人、姉妹、その他の女性を呼ぶ語ですが、ここでは妻をさしています。まくなぎは「目まとい」とも呼びますが、雨のきそうな日和に、手で払っても払ってもつきまとい、ひどいときは睫毛にあたったり、目にとびこむことがある小さな虫で、群れとんでなかなかうるさいです。このまくなぎが青畝の妻を襲い難儀しているのに、青畝にはいっこうに寄りつきもせず、そのまくなぎの姿さえ見えないというのです。青畝は不思議な人を見るように、また内心かわいそうにと思いやっている自然体の句柄です。青畝は田舎育ち、片道二時間の距離を藁草履で通学した人ですから、きたえられた足や皮膚はまくなぎの方が逃げていくのでしょう。

落し文紺紙金泥なかりけり

〈おとしぶみこんしきんでいなかりけり〉

昭和四十四年作／句集『旅塵を払ふ』所収

動物学の方でも「落し文」とよんでいる小さい甲虫は栗・楢・樺・櫟などの葉を筒状に巻き、中に卵を産みつけます。それは、まるで端の方を折り結んだ結び文のようで、このような名をつけた古人の気持が心憎いです。

掲句、紺紙金泥は紺色の紙に金粉をといた墨で書画をかいたものをいい、経典に多いですが、作者はそれを落し文に連想したのです。興味津々の青畝先生らしい詩情でもあり、仏恩を感じられたのかも知れません。この句を知ってから、私は夏、山歩きをすると落し文を探します。経文のように巻いているのがあるかと思うと、〝どうぞ読んでください〟とばかり解けかけているのもあり、楽しいものです。

蓼科を美人に譬へ避暑日記

〈たてしなをびじんにたとえひしょにっき〉

昭和六十三年作／句集『西湖』所収

蓼科を眺めた感銘を日誌に書きとめたという、それだけの句に見せながら押さえが利いています。上五、蓼科の下には山を略、蓼科山の優美な姿を内包。中七の〝美人〟という大胆、率直な把握がおもしろいです。蓼科山を見たことのない人も、それなりにこの山の容ちを連想できることも妙味です。伊藤左千夫の短歌に、

信濃には八十《やそ》の群山ありといへど女の神山の蓼科われは
我が庵をいつくにせんと思ひつゝ見つゝもとほる天《あめ》の花原

が蓼科山歌としてありますが、この歌を諳んじるほど左千夫への造詣もふかく、

おそらく歳月を経て追体験した幸せな境地もあろうかと思います。

生前、青畝先生の女性観をおたずねしたことがありますが、「そうだね、自然の中に調和する人だね」とにこやかに仰有られたことがあります。

新涼の水に老けたり水馬

〈しんりょうのみずにふけたりみずすまし〉

昭和三十六年作／句集『甲子園』所収

秋になって感じる涼しさは、やっと夏を越えた安堵を含み清新です。新涼という季語の本意本情をあらためて味わうのも、俳句作りのよろこびです。

上掲の句意は、〝夏が去り澄んだ水に水馬がいかにも大きく成長して、おっとりと踏んばっているよ〟です。中七の水に老けたりとは、生きとし生けるものへの慈愛に加えて、加齢による艶の境地をにじませる措辞です。青畝先生の美意識の深さというより凄い視点だと思います。さらに、日本語に迷いぬかれる執念というほかありません。上っ面ばかり表現するのじゃないよ、という先生のきびしい声が聞こえそうです。

オベリスク雁わたるべく暮れにけり

〈オベリスクかりわたるべくくれにけり〉

昭和四十四年作／句集『旅塵を払ふ』所収

ヨーロッパ聖地巡礼の旅、ローマでの作。
オベリスクはエジプトから伝わってきた高い石柱（方尖柱）で象形文字が彫ってある記念碑。遠い歴史を秘めたオベリスクを旅人の一人として仰ぐとき、その空にふと母国の暮色を見たのです。秋の日の落ちゆく早さは、雁がわたってもよいようにしずかに深く、しみじみ旅情の虜になっている私なのだよ……と俳のこころをにじませている作品です。雁は棹に並びかぎに並び、十羽くらいずつ群れをなしてわたります。古歌の昔より詩のモチーフとして縁の深い鳥です。

句屑焚くあはれは菊を焚くよりも

〈くくずたくあわれはきくをたくよりも〉

昭和五十九年作／句集『除夜』所収

菊の盛りが過ぎて枯れはじめると寒さがきます。庭の隅などに積んでいた枯菊に整理もかねて火を放ちます。ちりちりと音たてて燃えるときは、その炎の美しさと菊の香りが俳句をたしなむ人々にはうれしいです。充分、乾ききっていないときは燃えしぶって煙って、ただ匂いがただよいます。凋落の姿を眺める思いにあわれです。それよりももっとあわれなのは、自分の句屑（くだらない句）を燃すことです……と、一句を作る苦しさ、切なさを感慨深く吐露します。句は作り放しにせず、言葉を練りあげて、己れの感動の中心へと迫るものと教えられた日がなつかしく感じられます。

冬至翁ルーペに紐をつけにけり

〈とうじおうルーペにひもをつけにけり〉

平成三年作／句集『宇宙』所収

太陽の高さがもっとも低い日で、昼が短く夜が長いとされているのが冬至。人々は、この日から寒さがきびしくなるとして身構えます。掲句は、そんな緊張感をまったく出さず、むしろ、冬至をたのしむかのようで、この年、九十二歳を迎えた俳味豊かな青畝の作品です。幼時から耳が遠かったことに加えて、視力が落ち、足の不自由さをこともなげに、中七から下五の措辞に見るように明るく表現されました。冬至翁は青畝の造語であり自画像。当時、一投句者としての私は、先生にご負担をかけぬように、黒い太いボールペンで楷書で書くようにつとめました。

平成十四年〜十七年

かりそめに住みなす飾かかりけり

〈かりそめにすみなすかざりかかりけり〉

昭和五年作／句集『萬両』所収

青畝先生、三十一歳時の作品。
結婚後、間もなく病が再発、入院した妻の留守を守り、二歳の娘をかかえ、淋しい正月を迎えねばなりませんでした。仮の住いとはいえ飾をかけ、外部からは家庭内で起った事情をそっとして、暮しを大切にされていました。自註に、「病妻と甲東園に仮寓しているとき、格子戸に簡単な注連を飾った。誰もおとずれてこないし、しずかであった」とあります。当時の作品は、概ね、大和高取への望郷の句と生活詠が多いのが特徴で、それでありながら、名吟が多く、評価が高いです。

年古りし梅に圧されて納屋かしぐ

〈としふりしうめにおされてなやかしぐ〉

昭和十七年作／句集『國原』所収

田舎を歩いていると、よく見かける風景です。とりたてて新味がないようですが、人なつかしい思いに胸が熱くなってきます。年を重ねた野梅が春まだ浅い農家の庭にしろしろと匂っています。老幹ながら、たくましい枝ぶりは、納屋へ張り出し、納屋はおさえつけられたように傾いています。この納屋は、いわゆる農小屋でしょう。藁や筵、縄、竹竿など突っこんであるのをよく見かけます。農事にはすべて必要な諸々です。この句は、青畝先生の第二句集『國原』（昭和六年から十七年までの作品、五一九句）の中に収められ、昭和の古典といってもさしつかえありません。

三夕の一夕の浦西行忌

〈さんせきのいっせきのうらさいぎょうき〉

昭和三十六年作／句集『甲子園』所収

三夕は「三夕の和歌」の略。結句が「秋の夕暮」である寂蓮、定家、西行の三首の和歌をいいます。西行忌は陰暦二月十五日、西行法師の忌日です。掲句はこの日、西行の詠った〈心なき身にもあはれは知られけり鴫《しぎ》立つ沢の秋の夕暮〉の景、大磯を訪れた折の作。中七の措辞にその感慨がこめられています。寂蓮や定家の和歌を踏まえ、その趣を追体験されたことでしょう。青畝は俳句とは別に、和歌のよろしさを知り、造詣も深く、自らも折にふれて詠まれています。なかでも〈床の軸掛けかへねばといひしかどなほざりにして栗のいが置く　青畝〉など何げないけれども味があります。

帆の立ちしごとく蛤焼かれけり

〈ほのたちしごとくはまぐりやかれけり〉

昭和四十七年作／句集『旅塵を払ふ』所収

蛤を焼いている描写がおもしろい。別段、とりたてての発見ではありませんが、網の上にのせられた蛤が、ぽかっと口をあけた瞬間を無邪気に表現しています。おそらく、網の上には、一つならず、いくつかの蛤がならべられ、次々焼かれています。すぐそばには床几などがあって、客を待たせている海辺の商いだと思います。潮風にのって、醬油をしたたらせた蛤のおいしそうな香りは、シーズン中、その浜の名物になって観光客も絶えないのでしょう。この句、味わってみると、海路をゆく、帆掛舟を連想しないでしょうか。青い波の上をゆく白帆をかかげた舟だと思うと、果てしなくたのしい想像ができます。

毒ならば美しくあれ芥子を見る

〈どくならばうつくしくあれけしをみる〉

昭和五十二年作／句集『不勝簪』所収

青畝先生はじめての北欧の旅、昂揚した作品の中の一句。デンマークの芥子農家へ立寄り、広大な畑と美しい芥子の花を見、その奥にひそむ〝毒〟を直感されました。下五の用言止めの表現に、作者の位置がよくわかり、写生の効がしめされています。

俳句は一字たりともおろそかにせず、主観を裏に、客観を前に表出する作法を見ます。この旅では俳句のみならず、心のままに短歌を何首も詠嘆、白夜、フィヨルドの国のよろしさをたのしまれたようです。同時作に〈彼岸そはスウエーデン領芥子の花〉があります。

蟹の舎利水澄みきつてゐたりけり

〈かにのしゃりみずすみきっていたりけり〉

昭和二十四年作／句集『春の鳶』所収

『自選自解』には、「ふと川砂に白く沈んだ小骨片のような異物が目にとまった。蟹の死骸の一部と私は判断した」とあります。

かつて川遊びを経験した人も多いと思います。沢蟹などいないかなぁと、石ころをかえしてみると、小さな小さな蟹がちょこちょこ動きます。どこかで、その蟹の親が見ているのではないかと思ったりして、あたりを見まわします。いたずら心はその親を追いかけて、足も膝もびしょびしょに濡れてしまいます。遊んだあと、ふと川砂に蟹が白く浮沈しているのに気づいたりします。水にほとびて白くなっているのです。川の水は澄みまさり、やさしく葬ります。蟹の遺体を舎利と称えた見事な表現です。舎利は、聖者とか仏陀の遺骨をいいます。

お迎へに来し車椅子避暑散歩

〈おむかえにきしくるまいすひしょさんぽ〉

平成四年作／句集『宇宙』所収

六甲オリエンタルホテルに避暑滞在中の作品です。いつのころよりか、青畝はこのホテルで暑をしのいでおられました。若い日からずっと、健脚といわれていただけに、車椅子で迎えのいる散歩はかなり体調がすぐれなかったのです。しかし作句姿勢は昂揚したものでした。

この滞在で、数々の作品を発表されましたが、このとき（昭和五十八年六月兵庫医大にて右腎臓摘出手術、八月退院、十一月再入院）、すでに癌に冒されていて、上掲の句から五ヶ月、平成四年十二月二十二日、九十三歳の生涯を閉じられました。

どの筆を執りても夏書疲れして

掲句も青畝の恙身をつたえて余りありますが、季語の本意と詩精神の高い俳句です。

流燈の帯のくづれて海に乗る

〈りゅうとうのおびのくずれてうみにのる〉

昭和三十四年作／句集『甲子園』所収

お盆の行事に燈籠流しがあります。岸辺から静かに秩序をもって流しはじめた燈籠もいつとなく乱れます。とどまると見れば危うく衝突するのもあります。刻を経てやがて無事に海に入り沖へ沖へと流れていきます。この句の場所柄は、西行と遊女、妙の歌問答のあった江口の里、江口の君堂。ここでは流燈会や、春秋には句会もひらかれ、青畝先生の膝下へ集い、俳句をお導きいただきました。堂の庭には、先生の流麗な文字もなつかしい句碑が守られています。『自選自解』に「お盆になると淀川の水へ手製の燈籠をはこんで流した。尼もはだしで瀬石をふまえ、回向の鉦を鳴らした。（略）くの字に大曲りする川下の涯は見えぬが、そのずっと先が大阪湾」とあります。

一つ家のその市振の月に吾

〈ひとつやのそのいちぶりのつきにわれ〉

昭和四十七年作／句集『旅塵を払ふ』所収

〈一つ家に遊女も寝たり萩と月〉

芭蕉の『おくのほそ道』の中でも艶なるくだり、「市振」で詠んだ句。同じ一つの宿に遊女と泊り合わせましたが、これも何かの因縁でしょう。ふと見ると、庭前の萩に月の光が射しています。萩を遊女に、月を自分になぞらえたのです。青畝先生はこの句がお好きでした。おおらかで優しみのあるほのぼのとした情と景が、幻想的に立ちあがってきます。昭和四十七年、この地を訪れ、青海町《おうみ》に泊り、前掲の句を作られました。芭蕉の句を追体験され、その情趣に浸られたのでしょう。世を隔つとも、月の光の変らぬさまは、芭蕉を、青畝を照らしたのです。

トラピスト小鳥湧く山四方にあり

〈トラピストことりわくやまよもにあり〉

昭和六十一年作／句集『西湖』所収

この年、青畝は大分県へ旅行、大分トラピストに修道士として励む青畝の弟子を訪問されました。〈トラピスト萩野芒野重ならず〉〈虫滋しお告の鐘のしづまれば〉も同時作。

掲句の季語は小鳥。トラピスト修道院は人里離れた自然のまっただなかに在ることが多いです。十月ともなればいろいろの小鳥が渡ってきて、このトラピストを囲む山々も賑やかになります。まったく好季節です。クリスチャンである青畝と修道士である弟子との久闊を叙した愉しいひとときは、小鳥の声に誘われるように尽きることなく、共に神への祈りをささげられたことでしょう。

鷹真澄一と羽ばたきもなかりけり

〈たかますみひとはばたきもなかりけり〉

昭和五十五年作／句集『あなたこなた』所収

伊良湖岬で鷹の渡りを写生された折の一句。
初冬のよく晴れた空は一点の鷹を置いて澄み切っています。鷹は上昇気流にのりきるまで沈着なうごきを見せます。いよいよ渡りはじめると孤高にも一羽ずつ。まるでキリストの十字架のように羽をぴんと正し、背筋をのばし、我は我なりと気高い姿。先生の句は俳人の透徹した目と心で、中七から下五にかけて、〝一と羽ばたきもなかりけり〟と一気に感動を叫ばれています。私も、猛禽類、わけても鷹や鷲が大好きです。見ていて惚れぼれします。姿、形に加えて、繊細な神経を持ち、優しく寂しく、自分だけを信じ、威厳にみちている……からです。

かづら橋冬将軍に隙だらけ

〈かずらばしふゆしょうぐんにすきだらけ〉

昭和五十五年作／句集『あなたこなた』所収

季語「冬将軍」は冬ならではのきっぱりとした厳然たる象徴でしょう。いかめしい季語を掲句は飄逸性をもって風土の事物とかかわっています。民謡でも有名な祖谷のかずら橋はかずらで編んだ橋で、頑丈であるのですが、一見しても隙だらけです。そして民謡の一節のように〝風も吹かんのにゆらゆらと……〟の如く、山風と谷風にいつもゆらいでいます。

かつて、かずら橋を渡ったことがありますが、足を踏みはずしたら、粗けずりの網目から、にゅっと足が抜けそうなのです。さすが冬将軍といえど落っこちそうだよと、擬人化しつつ実態に迫る観照の深さを学びたいものです。

蓬莱の瑞穂の国の穂の長さ

〈ほうらいのみずほのくにのほのながさ〉

昭和三十四年作／句集『甲子園』所収

季語は蓬莱。大阪の高級料亭「吉兆」での作。この句の蓬莱は掛蓬莱。正月の飾物として床の間に長くしだれて畳へひきずっている景です。さすが、瑞穂の国といわれているわが日本、今年も豊作が約束されているような、めでたい気分に浸っている作者の姿が思いうかびます。

蓬莱を飾るのは、主として関西の風俗で、江戸では喰積を用います。蓬莱には掛け蓬莱、組み蓬莱、包み蓬莱、絵蓬莱がありますが、ふつう三宝の上に白紙・しだ・ゆずりは・こんぶを敷き、米・かや・かち栗・ほんだわら・串柿・だいだい・ゆず・みかん・ところ・えび・梅干などを積みあげます。いかにも新春の趣です。

大阪の煙おそろし和布売

〈おおさかのけぶりおそろしわかめうり〉

大正十四年作／句集『萬両』所収

青畝先生二十六歳時の作品です。故郷、大和高取から大阪に移られての率直な感慨がこもります。空気のきれいな山国から、煙の都市での生活はその煤煙にさぞ閉口されたことと思います。そのような歳月にも春になれば、和布売の行商女がきたのでしょう。顔なじみになると、その地方の話もおもしろおかしく飾らず、おしゃべりしていくのだと思います。

磯の香りと方言と、そして何より季節の到来が先生にはこよなく嬉しく思われたのだと、当時の大阪の様子さえしのばれる一句です。

流し雛日本の国の磯を去らぬ

〈ながしびなにほんのくにのいそをさらぬ〉

昭和二十七年作／句集『紅葉の賀』所収

三月三日、紀州、加太の淡嶋神社で雛流し神事が行われます。小舟に古雛を満載、波打際から押し出すように沖へ向けて流すのです。潮の流れに乗ろうとしつつ、岩に突きあたり波にゆらぎ小舟からずり落ちた古雛は無惨な姿となります。

一見、不気味な様子に、私たちの身の汚れを持ち去ってくれるとは信じつつ、胸が痛みます。

雛さまは沖へ流れるより、まるで、あともどりするかのように磯をめざし日本の国に名残を惜しんでいると、作者の深い情けが受けとめた作品。主観を抑制し、格調高く朗々と詠いあげた青畝先生の代表句の一つです。

春空に虚子説法図描きけり

〈しゅんくうにきょしせっぽうずえがきけり〉

昭和四十年作／句集『甲子園』所収

京都浄土宗総本山知恩院において虚子七回忌が修された折に詠まれた句です。鎌倉へ行けない関西の俳人たちが参列、この日、ふわりとしたうすい雲がただようゆったりとした春の空を仰ぐと青畝の脳裏に虚子の姿があらわれました。客観写生、古壺新酒、花鳥諷詠、虚子俳話など、青畝にとっては五十年近くの長きに亘る虚子との日々が思い出されたのでしょう。雄大、柔和な春空こそ虚子の姿であるとも。

『自選自解』に「釈迦説法図というのがあるごとく、私の頭の構図には、虚子説法図が組立てられる。春空のようにやさしく人を抱擁しうる説法図を宙にえがいて亡師をしのんだわけである」とあります。

草笛をいくつ捨てしや又吹けり

〈くさぶえをいくつすてしやまたふけり〉

昭和五十四年作／句集『あなたこなた』所収

誰にでもよく解る句です。楽しいこころ、淋しいこころを託せる季語として「草笛」は巾が広いです。巾が広いといえば、草笛にできる草の葉、木の葉は、これでなければという特定のものはないようです。唇の当て方と息の加減で強弱さえつけられます。恋の合図もできるとか。

この句、あまり上手く音が出ないので、何度も挑戦している無心な人の姿が連想できておもしろいのです。芦笛、麦笛、蚕豆の葉、孟宗竹の若い葉、椿の葉などでよい音を出す上手な人があります。初夏の素朴な季語といえます。

湯浴女の腿に布載せ螢待つ

〈ゆあみめのももにぬののせほたるまつ〉

昭和五十四年作／句集『あなたこなた』所収

露天湯の岩場に腰を下ろし、女がひとやすみしています。「腿に布載せ」と細かい観察をしているところが青畝先生の写実。

心をゆるした人にしか見せないポーズ、いいかえて憎からぬ人にのみ見せる姿を上手く捉えています。湯へ来るまえに、宿の人から「すぐ近くまで螢がとんでくるのですよ」と教えられ、待っているのです。その愛らしい姿をながめている青畝の心も充実しています。

湯浴、腿、螢というたおやかなモチーフがそろいすぎているのに、徹底した写生表現は説得があり、清潔感に加えて品性を失いません。

うたかたが粘る鰻の暑さかな

〈うたかたがねばるうなぎのあつさかな〉

昭和五十三年作／句集『不勝簪』所収

滋賀県大津市、琵琶湖南西岸に位置する堅田は近江八景の一つ。
掲句は堅田の川魚屋での所見だと鑑賞したいのです。店頭には鰻の生簀があり、鰻がうようよとうごめいていています。酸素をおくるパイプからつぎつぎと水泡が吐きだされていますが、その水泡が暑さゆえに粘っているように見えたのです。青畝の直観力はこのように、どすんとした本質をつかんで季語を活写し、力強いです。鰻の生簀のならびには、蜆や川海老も売られているのでしょう。盛夏の潮風もよどみ、暑い日であったのだと思います。〈店涼し俎上鰻の撥ねやまず〉この句も同じくこの川魚屋での録。

底紅や俳句に極致茶に極致

〈そこべにやはいくにきょくちちゃにきょくち〉

昭和三十年作／句集『紅葉の賀』所収

季語は底紅。木槿の種類に底紅があります。読んで字の通り、花の底にあたる部分が紅色です。木槿は芭蕉の句、〈道のべの木槿は馬に喰はれけり〉のように道ばたに咲く花、埃にまみれた花という印象がありますが韓国では国花とされています。ただ朝に咲き、夕べにしぼんでしまう花として、人の栄華をもかさねあわせることが多いです。掲句は、さらに心想を深めて、青畝の俳句美を思い悩む境地、最終的到達をねがうこころを表現しています。下五の茶道のきびしさをも詠嘆していますが、木槿に宗旦木槿があることに思いを走らせたのでしょう。青畝の博識ぶりがうかがえる作品です。

小手のうちへの字現はれ雁の来る

〈こてのうちへのじあらわれかりのくる〉

昭和四十九年作／句集『不勝簪』所収

小手をかざし眺望していると、空の彼方から「へ」の字になって近づくものがあります。だんだん視野の中の「へ」の字は大きくなって雁の編隊であることがわかりました。「へ」の字は雁のおよその数を想像させ、その飛来する姿勢を正しく伝えます。

まるで映画の撮影でもするようなズーム・イン。「へ」の字は青畝の詩情であり、小手のうちの被写体なのです。

かつて先生とこの句についてお話がはずんだことをなつかしく思い出します。生前の先生は少年のように頰を紅潮させ、「ボクは昔、映画法を学んだよ」と仰有られました。その時、私は「先生、何羽くらい群れてとぶのでしょうね」

と無知な質問をしました。「君、文学の用例を研究してその中での数詞に気をつけることだね」と年若い女弟子の私にやさしく諭されるのでした。

モジリアニの女の顔の案山子かな

〈モジリアニのおんなのかおのかがしかな〉

昭和三十六年作／句集『甲子園』所収

ぶらりと田舎道を歩いていると、案山子や鳴子、鳥威に出会います。いずれもみな秋の季語です。特に案山子は愛嬌があります。顔をじっと見ていると、はて、誰かに似ていると思うときがあってたのしいものです。

掲句は、なんと、作者の目に、イタリアの画家モジリアニの描く人物に似ていると直感されたのです。モジリアニの人物画は首の長い、いささか顔も長すぎるほど長い、一種の哀愁を帯びた瞳のさびしい女が描かれます。青畝先生の案山子を見ての感情のうごきは即、自らの孤独な姿を無意識のうちに吐露、さすが画をたしなまれるだけあって直截、且つ、鋭いです。青畝先生のダンディズムをのぞく思いがします。

跫音の通天冬に入りけり

〈あしおとのつうてんふゆにはいりけり〉

昭和十五年作／句集『國原』所収

京都五山の一「東福寺」は紅葉の名所でもあり、仏殿から開山堂に至る渓谷に架けられた通天橋（橋廊）からの眺めは四季を通じて趣があります。

掲句は昭和三十四年伊勢湾台風で崩壊した以前の板張りの通天橋を詠っているので、その音響のよろしさが一段と迫ってきます。特に赤く残っている冬紅葉の景と人の足音の静寂美はこの句の要。青畝の自解には「句を作りに京都東福寺に杖をひいたその日が立冬であった。（略）今誰か小走りに過ぎる足音とわかった。この禅寺にあってのその足音が殊さらめかしくひびきわたり、強く興をひいたのである」と記されています。上五から中七にかけての極めた表現は、青畝先生の「俳」の魅力であり季語の定めかたに直感直叙を教えられます。

エアメール其も吊らるる聖誕樹

〈エアメールそれもつらるるせいたんじゅ〉

昭和六十三年作／句集『西湖』所収

青畝八十九歳の作品。まるで青春の気のあふれた句です。上五、エアメールで休止していることを味わうと、青畝にとって遠つ国の親しい友人からのものでしょう。聖誕樹が町なかでも、家庭でも飾られるこの時期は、クリスマスカードのやりとりがたのしく、掲句のエアメールは、御子キリストの降誕を祝うカードではと思います。季語の斡旋を重んじる青畝の句作工房をのぞいた気分がして、美しい絵のクリスマスカードをぶらさげたツリーはユニークで明るい気分。大人は昔、子供であったといったサン＝テグジュペリのいわんとする青畝大人《うし》なのです。

六甲を低しとぞ凧あそぶなる

〈ろっこうをひくしとぞたこあそぶなる〉

昭和十三年作／句集『國原』所収

関西人は六甲山のことを親しみをこめて六甲と呼びます。海に面し、東西に連なる山地ですが高いところで海抜九三一メートル。

この六甲山の空に正月の凧が揚がり、凧そのものがあたかも命を持つような青畝先生の独壇場である擬人化表現をされました。

「ボクの方が六甲より高いぞ」とよろこんでいるように……。

六甲山麓に沿って走る阪急、阪神電車の窓からもよく見えます。正月気分の景観はたのしいです。

糸遊や同行二人の笠進む

〈いとゆうやどうぎょうににんのかさすすむ〉

昭和六十年作／句集『除夜』所収

糸遊はかげろうのこと。同行二人は西国巡礼者がいつも弘法大師といっしょにある意として笠に書きつける語です。

通釈すると、かげろうの立つ春のよく晴れた遍路道を白装束のお遍路さんが同行二人と書いた笠をかぶりすたすたと歩きすすんでゆくよ。まったくあたたかくなった春ののどかな景色だなあ。

ところでこの句、遍路という季語を斡旋せず、大きくつつみこんだ自然界の現象のよろしさと人生の触れ合いを慈しみをこめてながめています。詩精神のかぎりない汎やかさが青畝先生らしいです。

シャガール死す朧の星を乱すなと

〈シャガールしすおぼろのほしをみだすなと〉

昭和六十年作／句集『除夜』所収

この年（一九八五年）ロシア生まれ、ユダヤ系の画家、シャガールが九十七歳の生涯を閉じました。画風はユダヤ文化にもとづく愛と聖の幻想世界をくりひろげ日本人にもなじみ深いです。闇の空に星が淡く光をなげかけ、乙女が空をとび、恋の男女が遊泳していたり、色彩は藍色や黄色が目立ちます。じっとながめていると朧夜のファンタジーがひろがります。

　画をたしなみ、鑑賞もお好きな青畝先生でしたから、シャガール展にも足をはこばれ、たのしまれたことと思います。シャガールの死にいま一度しみじみと夜空をながめ、その曖昧模糊とした朧な色彩と幻想に哀悼の意をこめられた作品。他に〈シャガールに消《に》しものの居り薔薇を描く〉などもあります。

パン屋の娘氣安く薔薇を呉れにけり

〈パンやのこきやすくばらをくれにけり〉

昭和四十一年作／句集『旅塵を払ふ』所収

ことばの弾みがたのしい句です。

パンを買いに寄ったところ、その小店の垣根は薔薇の季節。しばし無心に佇んでいた青畝なのでしょう。その青畝の執着ぶりにパン屋の娘がつい一言二言声をかけたのでしょう。「おじさん、よろしかったら、剪ってさしあげましょうか」と娘さん。「おや、そうかい、ほんとうに剪ってくださるの。いいのかな?」こんな対話が想像でき、パン屋の娘と青畝の一瞬の情がうれしくひびきます。季語、薔薇の定着は見事。その情は町なかの立派なパン屋でなく、住宅街の小さなお店と顧客との日常のほほえましさを描きます。俳句は平常心が大切であり衒いのない暮しの中に生まれるのでしょう。

日高川濁りたれども蛇渡らず

〈ひだかがわにごりたれどもへびわたらず〉

昭和四十四年作／句集『旅塵を払ふ』所収

日高川はお芝居や、舞踊、長唄、能、或いは絵巻などで有名な道成寺を思い起させます。

安珍が逃げるのを追いかける清姫の化身である蛇体は、どの演目であっても息をのみます。

掲句を詠まれた青畝は道成寺へ詣り、その旅中、日高川を越え、安珍・清姫の伝説の現場をとくと眺めたのです。日高川は清い流れであると日頃は知り得ていたはずですが、その日は濁り、蛇が泳いで渡りそうな水の色を見せていたのでしょう。勿論、清姫の蛇をイメージしての作品なのです。

ドロットニングホルム宮殿

噴水や青き獅子王憤然と

（ふんすいやあおきししおうふんぜんと）

昭和五十二年作／句集未収録

この年北欧へ旅されたなかの一句。ストックホルムはスウェーデン王国の主都。多くの島や半島からなる美しい都市で、北欧のベネチアと呼ばれ、郊外のローヴェン島には十七世紀に建てられた宮殿ドロットニングホルム離宮があります。庭園には湖あり森あり、白鳥も鴨も人を怖れず芝生を歩きます。噴水には豊かな純白の水が奏でられ、そばには百獣の王のりりしい石像が侍っています。いかにも若々しい獅子なのです。この句、中七の「青き獅子王」によって、海外詠であることが直感でき、そのたたずまいがバロック式建築であり、史実まで髣髴とできます。抑えのきいた言葉が千金の重みを持つ、情景を確と描いた作品です。

「過はくりかへさぬ」碑盆来たる

〈あやまちはくりかへさぬひぼんきたる〉

昭和三十一年作／句集『甲子園』所収

わが日本が原爆投下を受けて、十二回目のお盆に詠まれた作品です。悲惨な現実を一歩一歩のりこえ、広島は復活しましたが、二度とこの過ちをくりかえさないと誓う碑に対し痛切な気持がにじみます。

かつて、私も広島の原爆忌の式典に参列しましたが、何事もなかったように市電が走り、街路樹のみどりが活き活きしていたことが、かえって悲しみと怖さをおぼえました。原爆ドームの無惨な姿とシュプレヒコールの声のとびかう公園を夜になるまで歩いたことを、この先生の俳句に接するたび思い出します。今年も八月を迎え、流灯にならぶ人々の悲しみに同胞の一人として祈りを深めねばなりません。

露けしと皆驚いてあるきけり

〈つゆけしとみなおどろいてあるきけり〉

昭和五年作／句集『萬両』所収

季語は露けし。

通釈すると、なんと露けくなったものよ、この夏の暑さも、残暑も嘘のよう、秋になりましたね、ほら、私の足もとも露で濡れてしまったよ、さあ、皆でどんどん歩いていきましょうという意でしょうか。

解のいらぬほど単純明解な句柄ですが、「露けしと」のとによる省略はいかにも俳句的です。とは〝露っぽく、しっとりとした秋になったね〟とそれぞれに言っていると捉えてかまいません。

また、下五のあるきけりがよいです。汲んでもつきない余情を含み、句が一人歩きしています。

素十を悼む

俳諧をさみしくしたり鳥威

〈はいかいをさみしくしたりとりおどし〉

昭和五十一年作／句集『不勝簪』所収

若き日互いに四S時代を担った高野素十の死を知って詠んだ俳句。

素十は一時期、青畝の出身地大和高取に住んだことがあり、その素十を高濱虚子が訪ねています。〈鳥威し皆ひるがへり虚子が行く〉（昭和二十八・十）は素十が「虚子先生、奈良県高取町のわが陋居を訪はる」として作った句です。

あとでこのことを知った青畝はなぜ知らせてくれなかったかと残念がりましたが、素十が高取に身を寄せ、その上虚子に高取の土を踏んでもらったことは光栄であるとよろこぶのです。

「関西の人間がきらいだといつも言っていた関東人の素十は黙って相模原に越していった。その後手紙を送っても返事がない。消息知らずにいると病人であの世に去ってしまった。惜しむべし」と悲しむのです。上掲の句、汎やかな境地と季語を味わって余りあります。

切能となればほろりとしぐれけり

〈きりのうとなればほろりとしぐれけり〉

昭和五十三年作／句集『不勝簪』所収

能行事は「翁」のあと五番立て（神能、修羅物、鬘物、物狂能などの雑物、切能物）で演じられます。切能は「紅葉狩」「山姥」「船弁慶」「大江山」「鞍馬天狗」「土蜘蛛」など見た目に華やかなものが多いです。

この句は能の演目も終わりとなるころ、外《と》の面《も》では、しぐれがもよおしてきたその情感をほろりという副詞をつかい、また能に酔い、やや疲れの加わる気持をにじませ仕立てあげています。長年にわたる青畝の磨きぬかれた美意識をこの句から教えられるのです。句は、情の細やかさ、格調へも踏みいれる果てのない学びの道であると衿を正すのです。

鴛鴦渡る北国時雨浴びながら

〈おしわたるほっこくしぐれあびながら〉

平成二年作／句集『一九九三年』所収

鴛鴦の夫婦が仲睦まじく、きらきらかがやく北国時雨を浴びながら、水尾を引いているよ、美しい景だなあ……という意。

季語は鴛鴦。雄には栗色をした大きな三角形の羽があります。思羽《おもいば》とか銀杏羽《いちようば》と呼ばれ華やか。鴛鴦は夫婦・男女の仲よく常に連れ立っているさまをいう語でもあります。漂鳥として分類され日本国内を短距離で移動。北国時雨は北国（若狭、越前、加賀、能登、越中、越後、佐渡）に降る時雨です。

青畝先生の鴛鴦を詠った句として句集『不勝簪』『除夜』にいくつか収録されていますが、〈城の名は不来方《こずかた》鴛鴦の渡りけり〉は鴛鴦も渡ると表現し、鴨と同じような扱いに立止りたいものです。

傀儡の頭がくりと一休み

〈かいらいのかしらがくりとひとやすみ〉

大正十三年作／句集『萬両』所収

季語は傀儡（新年）。くぐつともいい、あやつり人形のこと。正月の門付風景です。傀儡師にあやつられ、三番叟を演じていた人形も一休み、今まで命みなぎっていた頭が魂抜けになったようにがくりとしょぼくれました。掲句はあやつられる人形の姿を活写し、そのあたりにただよう新春の気さえにじませています。

以前、淡路へ初釣りにいったとき、私もこのような場に遭遇したことがあります。ただならぬ賑やかさに浜の露地を入ったら、右手に神楽鈴、左手にめでたい扇を持った三番叟ならではの装束のくぐつが一さし舞っては御祝儀をもらっていました。

耳しひは寿と梅に住む

〈みみしいはいのちながしとうめにすむ〉

昭和五十四年作／句集『あなたこなた』所収

耳がきこえない不自由さはあるけれど、一方では長生きをするといわれているのだよ、今年も梅が咲き、私の誕生月である二月を健やかに迎えることができたよ、ああ、ありがたいことだなあ……という意でしょうか。

青畝の誕生日は二月十日、寒さの中にも早春の兆しがあります。お住居の庭には梅の木が清しく枝をのばし先生の旦夕をたのしませています。幼児から耳疾で難聴であることを自ら「耳しひ児」と詠み俳句への情熱を見ます。

耳しひは日本最初の分類体の漢和辞書「和名抄」（和名類聚抄＝わみょうるいじゅしょう）にあり先生の日本語への造詣の深さに驚きます。寿の字には、いのち、よわい、長命、めでたいの意があります。

淀城に生ふる水草を雨の打つ

〈よどじょうにおうるみぐさをあめのうつ〉

昭和三十八年作／句集『甲子園』所収

淀城は秀吉の側室淀殿の住んでいた城です。このあたりは木津、桂、宇治の三川の合流点にあり、古代から京都の外港をなす淀川水運の河港として繁栄しました。巨椋《おぐら》池の名残もある湿地帯です。淀城をかこむ濠も一部現存、蓮の季節に訪れる人も多いです。掲句は仲春の季語、水草の芽が出はじめた城の水景を詠っています。恰も細い雨あしが水草を打ち、春の温んでいくあたたかい水の色を待つ気持さえします。

この句のよろしさは淀城という固有名詞です。戦国の世を思い起し、悲運の女性淀殿の生涯を慮るところにもあります。

大茶盛蝶ちらちらの西大寺

〈おおちゃもりちょうちらちらのさいだいじ〉

昭和三十三年作／句集『甲子園』所収

奈良西ノ京西大寺の大茶盛の行事はのどかで楽しいものです。大茶盛は径約三十五センチ、高さ二十センチ程の大茶碗に、これまた大きな利休型棗を置き帚のような茶筅で茶を点て、客間に設けた席に運んで順に飲み廻します。介添が要るような大きな茶碗に困っている様子は、自然に笑い出してしまうほど面白いです。その行事を蝶さえちらちらとながめるように、のんびりとよぎっていく様子が中七の措辞でさらりと表現されています。

西大寺は南都七大寺の一つです。奈良時代には東大寺とならぶ大寺でしたが、度々の火災で衰亡、現在の建物は江戸時代のものです。

くたびれて練る白丁どち葵踏む

〈くたびれてねるよぼろどちあおいふむ〉

昭和五十一年作／句集『不勝簪』所収

京都三大祭の一つ、葵祭の作品です。昔は陰暦四月の中の酉の日、今は五月十五日に斎王代・勅使らが行列して御所から下鴨、上賀茂とめぐり祭文の奏上、東遊《あずまあそび》、走馬《そうめ》の儀があります。特にその行列の牛車や御簾などを葵鬘で飾り練り歩くさまは優雅でもあり壮観でもあります。

掲句はいつのまにか長蛇の列をつづけるうちに葵が道や参道、社頭に落ちこぼれ、白丁《よぼろ》が踏んでいるよと端的な表現をとっています。上五のくたびれての斡旋に作者の慈愛の目が光り、いかに刻をかけての行列であるかが推測できます。

ところで葵について『枕草子』に「神代よりして、さるかざしとなりけむ、いみじうめでたし。物のさまもいとをかし」とあります。上賀茂に自生した葵でしょう。同時作に

ばらばらに葵桂や渡御果てて

があります。

椎の花餅を搗く蚊のこぼしけり

〈しいのはなもちをつくかのこぼしけり〉

大正十四年作／句集『萬両』所収

椎の花の臭いは強いです。美しい花ではありませんが全く酔いの気分にさせられます。

掲句は蚊が寄ってきて酔っているのです。寄ってだんごになって、いわゆる蚊柱ですが、上下にうごくその景はまるで餅搗きの杵をうごかしているようです。その活力にまた椎の花がこぼれるのです。この句から、じっとながめいる観察、また根気を知ります。

六月頃、淡黄色の細かい雄花を穂状につけ、強い香を放ちます。寺社など磴の上にこぼれているこの花は誰でも見かけたことがあると思います。

風来たり夏炉に灰をまきあげて

〈かぜきたりなつろにはいをまきあげて〉

昭和二十七年作／句集『紅葉の賀』所収

夏炉を焚く山岳の宿は旅のあこがれです。大きな炉框をかこんで薪を燃やし、仲間と語りあうのは至福です。山風が来ると炉の灰がすわっすわっとまきあがるのも、いかにも涼しい避暑地の雰囲気です。下五の動詞「まきあげて」の臨場感の摑み方を見習いたく思います。無心の産物といえましょうか。

青畝先生の自註によると「私たちは夏炉に集まって戸隠の手打そばを見せてもらった。涼風がふいとおそうたびに灰が立つのであるが迷惑ではなかった」とあります。

かなかなの音の明け暮れや道元忌

〈かなかなのねのあけくれやどうげんき〉

昭和五十三年作／句集『不勝簪』所収

道元忌が主季語です。かなかなは初秋八月の季語ですが季重なりでないことを理解したいです。

残暑のつらさがつづくなか、ようやくかなかな（蜩《ひぐらし》）の音が朝夕にきこえる日々となりました。この時期になると、永平寺の開祖道元の忌日が近いことを思う青畝です。道元の『正法眼蔵』を、また道元のかずかずの和歌のよろしさを知るゆえなのでしょう。四季の美しさを詠嘆したものに

春は花夏ほととぎす秋は月冬雪さえて冷《すず》しかりけり　　道元

があります。かつて川端康成がノーベル文学賞受賞記念講演会でこの歌をとり

あげたように青畝も道元の自然観をわがものとしていたのではないかと思います。心の逍遥にかなかなの声調は淋しくも道元の生い立ちさえ思う青畝なのです。

有明の灕江の月に雁落ちぬ

〈ありあけのりこうのつきにかりおちぬ〉

昭和五十五年作／句集『あなたこなた』所収

桂林で灕江下りをたのしまれ、数々の俳句を発表されたなかの一句です。

奇峰や奇岩のそそり立つ灕江の川下りは中国の美観です。空にはまだ有明の月が残る静けさのなか雁が急降下。まるで漢詩の世界です。青畝の美意識はときにありのままの描写だけでなく、虚構（フィクション）とか変形（デフォルメ）も大切であり、それには過去において観察による経験の下積みがなければならない……と教示されたことがあります。いわゆる写生の奥義を説かれたのです。掲句は、ラ行リ音を重ね韻律の美しさを知ります。

十字架を象嵌したる天高し

〈じゅうじかをぞうがんしたるてんたかし〉

昭和五十三年作／句集『不勝簪』所収

北海道当別トラピスト修道院の庭に掲句の句碑が建立されました。句意はキリスト教信者として十字架を尊び、その十字架を天高き十月の空に象嵌したと信仰告白をしていると解したいです。ふつう象嵌は金属、木材、陶磁器などの材料に模様を刻んで金、銀、赤胴、四分一《しぶいち》など他の材料をはめ込む技法でその作品をいいますが、青畝の胸中はあまりに天高く美しい青空ゆえに昂揚したのでしょう。事実、後日この地を踏んだ私は先生のお気持がわかるような気がしました。黒い石に金色のような流麗な文字は、象嵌だと信じてもよいとさえ思いました。天に象嵌の十字架、句碑に文字の象嵌という感じでした。すぐ近くに三木露風の詩碑があり、海の青に空の青はまさに聖地そのものでした。

ちらちらと光るは余呉の初鴨か

〈ちらちらとひかるはよごのはつがもか〉

昭和五十二年作／句集未収録

初鴨は仲秋の季語。早い所では八月下旬から飛来します（鴨は冬の季語）。私がはじめて余呉湖をたずねたのはかれこれ三十年ほど前で上掲の先生の作品とほぼ同時期です。小さな湖には初鴨が二羽肉眼で充分見ることができました。近づくと湖心へ水尾をたててまっしぐらに移動、瞬くまに漣の光のかけらとなってしまいました。句帳にこの情景を記すこともなく、ただがっかりして湖北の寒さにふるえていましたが、先生のこの作品を知ると写実のあり様と情趣に浸るこころを教えられたのです。初鴨の見えなくなった湖面がいやに広く見えたことが印象に残っています。この頃は周囲が山に囲まれているというだけの静けさでなく、戦国の傷痕がまだ息づいているような淋しい村でした。

左頬を向くる勇無く息白し

〈ひだりほをむくるゆうなくいきしろし〉

昭和三十九年作／句集『甲子園』所収

マタイによる福音書第五章三十九節――〈しかし私はいう、悪人にさからってはならない。人があなたの右の頬を打ったら、ほかの頬もむけてやりなさい……〉が底流している作品です。

自註によると「聖書にある言葉をおもいだした。更に左の頬を向けて叩かせるほどの慈愛の勇気を出せる自分ではない。偉らそうに広言する息は徒らに白い」とあります。掲句のよろしさは人間である弱さを認める告白がナイーブなこと、さらに季語「息白し」への観入が鋭いです。青畝先生のカトリック俳句は多くありますが

復 活 の 朝 の ば た 屋 の 空 車

アロハ着て安息日の主人かな

聖夜近くクリーニング屋灯を投げて

など人間社会のいとなみをこよなく慈愛の目で詠嘆されます。いいかえて人間がお好きであり、人間をよく知り、人間くさい情懐を軽く一句にされるのです。

平成十八年〜二十一年

風花のちりつつ月は十五日

〈かざはなのちりつつつきはじゅうごにち〉

昭和十八年作／句集『春の鳶』所収

満月の夜の風花です。風花は青空にちらつく雪をいうのですが、掲句は概念を超え真実を訴えるようでありながら詩情にあそぶ、まさしく青畝ならではの美意識がにじみます。満月のおおどかさ、その月の明りに浮ぶ風花はいかばかり美しいことでしょう。ま冬の満月は秋のそれとは情趣がちがい、ものみな寂とした万象のなかでありがたいような気持がします。思わず合掌したいような冬の望月です。西行もきさらぎの望月を愛し敬った人です。先生らしい美の把握を教わります。昭和三十年作に〈風除の月明りほぼ十五日〉がありますが、この句もまた風除という季語の本意を捉え、その冬を耐える人々の暮しを描き、さらに望月につつまれ守られる天恵を描いていています。

太陽へ地虫は八字ひげを振る

〈たいようへじむしははちじひげをふる〉

昭和六十一年作／句集『西湖』所収

LA PLUIE, Haïku de Seiho AWANO 所収

Présentation et traduction

Memugi FUKUSHIMA et Alain Kervern

（一九九三・二月発行）

長い間、土中で眠っていた虫が覚め地上に姿をあらわしはじめることを啓蟄といいます。啓はひらく、蟄は閉じこもる（巣ごもり）の意。名のみのあたたかさとはいえ、春がきてお日さまにあたってよろこびの触角を振っている虫の姿は八字ひげを振っているよう。まるで人間が八字ひげを振って歓喜しているさまですよ。

小さな虫も生きとし生けるもの、共に神の下に生を享けたことに共感し認識

する青畝です。青畝の霊名はアシジの聖フランシスコ。自然の好きな聖人です。

このユニークなフランス語訳の青畝句集を編まれた福島芽麦さんは青畝門で私の先輩で、お仲間です。集名のLA PLUIE（ラ・プリュイ）は「雨」の意です。

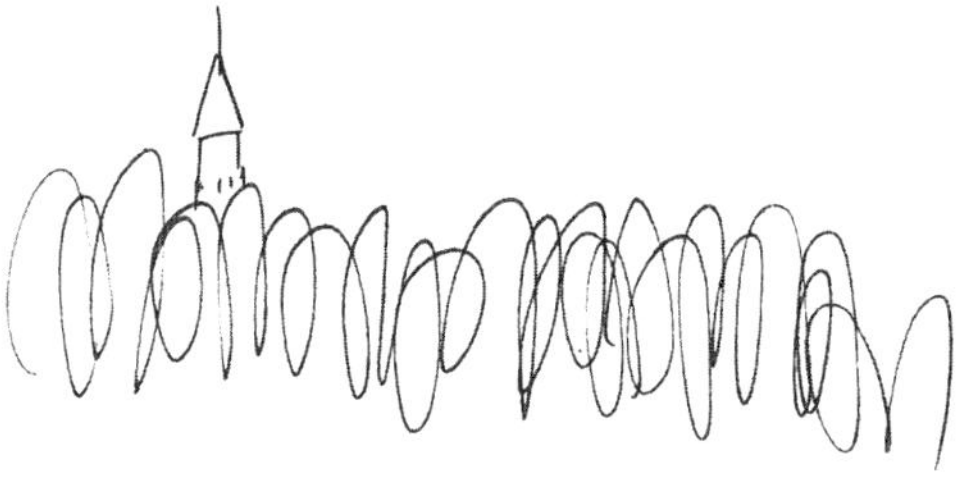

彩窓に日永のサンタマリアかな

〈いろまどにひながのサンタマリアかな〉

昭和三十六年作／句集『甲子園』所収

暦の上で日が永いのは夏至前後ですが、人の生活のなかで日が永くなったと感じるのは四月中頃でしょうか。

掲句は、信者として礼拝に行かれた青畝がふと仰いだ彩窓にマリアさまのお姿を見たのです。受難のわが子キリストに涙した日々も過ぎ、復活というお恵みを与えられ、倖せのお顔のサンタマリアがステンドグラスに浮んで見えたのです。人の子として共によろこぶ信者青畝。季語の据わりのよろしさ、ゆったりとした言の葉の配りに目の前の聖母さまを祈る気持になります。

幟竿雨ふる女人高野かな

〈のぼりざおあめふるにょにんこうやかな〉

昭和五十一年作／句集『不勝簪』所収

五月は端午の節句を祝うように快晴にめぐまれます。この五月晴をよろこんでいるといつのまにやら天気図は暗転、長雨になることも多いです。悠々と空に泳いでいた鯉幟も降ろされ幟竿のみぽつねんと立っている情景を見るのも珍しくありません。掲句のよろしさを知るのは固有名詞の据えかたです。ひとりでに女人高野という土地柄が起ちあがり詩情がふくらんできます。

この句の女人高野は大和室生をさします。室生寺のこぶりな五重塔や国宝のかずかずを拝観にくる人は多く、またこの山村のしずかなたたずまいに心の荷をあずけて安らいでゆかれるのだと思います。この句、幟竿の本意本情がまっとうで、それゆえ人のこころをやさしくしてくれるような気がします。

花の上に溜る泰山木の滓

〈はなのえにたまるたいさんぼくのかす〉

昭和五十五年作／句集『あなたこなた』所収

梅雨どきの大輪の花としてどこからも見えるのが泰山木です。隆々とした幹、肉厚の葉がまたよいのです。いかにも重厚で力強い大木の花の魅力です。

この句、泰山木の大きな白い花の咲きはじめから咲き終わりまでを「滓」という一語で表現しきっています。樹上にさみどりの蕾が立つようにのぞきはじめるといつのまにかふくらみを見せ、ゆるやかにほころんできます。満開になると灯りがついたように明るく次々と他の蕾もひらきはじめます。先がけの花が色褪せ淡褐色から褐色となり、花の「滓」となるのです。樹下ぽたぽたと咲き落ちることなく、樹上で生涯を閉じるこの花を慈しみぶかく詠いあげた青畝の句です。また漢字の味わいを知る作品かとも思います。

ふたたびは帰らず深き蟬の穴

〈ふたたびはかえらずふかきせみのあな〉

平成二年作／句集『宇宙』所収

土塀のふちや樹の根元などにぽこぽこと蟬の穴ができます。なんだか誰もいない空き家のようで寂とした淋しい気分になります。掲句は蟬のはかない命に焦点をあて情をにじませています。蟬は地中に七年ほどいて、成虫になって地上に出ると一週間ぐらいで死にます。当然、己が眠っていた穴へは還らない蟬のさだめとはいえ、なんとも不憫なのです。しかし溺れぬ冷静な写生眼はすっきりと句意を通しています。深き蟬の穴の語意の正しさはかえって奈落へ通じる暗い穴のようで底知れぬ悲しみをさそいます。

夜半の雨月下美人に音すなり

〈よわのあめげっかびじんにおとすなり〉

昭和四十七年作／句集『旅塵を払ふ』所収

最近こそ月下美人がそれほど珍しくなくなって、人の戸に咲き了った鉢が無雑作に出されているのを見かけるようになりました。掲句は昭和四十七年作で、その頃を思い起すと、「今夜、月下美人を見にきませんか」と俳人仲間に誘われて神妙にその開花を待ってドキドキしたものです。咲きはじめから咲き終わるまで五時間ほど、そして淋しい卒塔婆小町となるのです。掲出句、月下美人が開くのを待っているといつしか夜半の雨となっていよいよ情趣深くなってきたことよという作品です。ところで月下美人はサラダや酢のものにして食すことができます。

風伯に悍馬のごとき萩もあり

〈ふうはくにかんばのごときはぎもあり〉

昭和六十年作／句集『除夜』所収

萩をじっと眺めているといかに風に敏感な植物であるかがわかります。強い風が立つとよく撓う枝々が混乱して起ちあがります。風が弱まると徐に枝を下ろします。その萩の枝の一つは掲句に表現されたように鬣をなびかせて駈けぬける悍馬を思わせます。風伯は風神の意、『太平記』に「雨師道を清め、風伯塵を払ふ」のくだりがあります（雨師は雨の神）。萩は通常にはヤマハギを指しますが、そのヤマハギを踏みしだき駈ける荒馬の様子が見えるような想像のたのしい作品です。また比喩表現の確とした上手さを知ります。漢語調にも句格を教えられます。

山の薯下金にて紐となる

〈やまのいもおろしがねにてひもとなる〉

昭和五十九年作／句集『除夜』所収

季語は山の薯。自然薯のこと。

下金で山の薯を摺るとその粘りは紐状になってなかなか受け鉢に落ちません。単純にそれだけのことを表現しているかのように見えつつ山の薯の本意本情を十二分にいい得ています。

俳句は簡潔、具象が命なのであって説明、報告ではないことを知ります。

さあ、青畝先生は家人のおつくりになる献立をそばでご覧になっているのでしょうか。そのご馳走はとろろ汁かしら……とか、たのしい想像をしてしまいます。私も丹波育ちの父親がとろろ汁が好きでよく食していたことをなつかしく思っては、父を恋い折につけこしらえては食卓にのせます。

天が下十一月の十字墓地

〈あめがしたじゅういちがつのじゅうじぼち〉

昭和三十四年作／句集『甲子園』所収

カトリック信者である阿波野青畝ご一家の墓地は、西宮、甲山ふもとの高台にあります。十一月はカトリックでは死者の月ともいいます。死者（先祖）諸聖人に祈りを深めるための月です。

墓参におもむかれた青畝は墓を浄め、祈りを深めたあと、立ちあがり墓地全貌をながめられました。この広い天空の下には今自分と静かに眠る墓碑がならんでいるという無心の境地に浸られたのでしょう。死者との対話、神への祈りを終えられた平安な境地が掲句には表現されています。有象無象を詠うのでなく省略の妙を教えられます。流れるようなリズム、音楽美のような日本語の扱いを知りたいです。

道さむく量りこぼしの鮊踏む

〈みちさむくはかりこぼしのいさざふむ〉

昭和四十九年作／句集『不勝簪』所収

滋賀、堅田での作です。季語は鮊。鮊は琵琶湖の代表的魚。全国的に鮊漁はよく知られています。

掲句は湖国の寒さのなか堅田漁港をたずねられての一句です。道には糶で量りこぼした鮊が散らばっています。それを踏みつけながらその周辺を逍遥している青畝の姿が起ちあがってきます。上五の〝道さむく〟の措辞に湖国の冬が充分描かれ、いかに素朴な表現が大切であるかを教えられます。ところで鮊の佃煮は美味というより滋味。苦労をかさねての鮊漁を思い味わって食するのです。

間髪を入れずして年改まる

〈かんはつをいれずしてとしあらたまる〉

昭和五十九年作／句集『除夜』所収

虚子に〈去年今年貫く棒の如きもの〉がありますが、虚子がそのつなぎ目を棒で表現すれば青畝はピシっと瞬間で捉えています。一年の終わり、明日から新年、いまのいま新年になったという鋭敏な緊張感をうちだして虚子と青畝の詩魂を思います。真新しい年の春の作品です。

立春の鳶しばし在り殿づくり

〈りっしゅんのとびしばしありとのづくり〉

昭和二年作／句集『萬両』所収

立春ときいただけで冬の寒さが去った気に満たされます。明るい日の光を浴びて空の鳶さえ翼をひろげ季節感を謳歌しているようにピーヒョロロとのどをふるわせています。

人の世では棟上げ。新築の家の木の香が匂います。殿作り（御殿を造ること）がすすんでいると祝意をこめた言葉の斡旋がこころよいです。

なべてこの世は事も無しというような目出度い境地が底流している作品です。

枕草子四十段に「ひの木またけ近からぬものなれどみつばよつばの殿づくりもをかし」、催馬楽に此殿者「みつばよつばの中に殿作りせりや」があります。

花の数おしくらしあふ椿かな

〈はなのかずおしくらしあうつばきかな〉

昭和三十一年作／句集『甲子園』所収

掲句の中七の表現に無邪気な心の目を知ります。そして誰もがにこりと頬をゆるめると思います。おしくらはおしくらまんじゅうという遊びであって押しあっては倒れたりはみだしたりする者が負けになります。寒い日の子供のあそびでこれをしているといつのまにかからだがほてってきてぬくくなります。上五の措辞を味わうとあまりによく咲いた椿であることがわかります。花と花が葉ごもりながらも押しあっているのです。まるでおしくらまんじゅうをしているようだという擬人化がおもしろいです。

この句、青畝が三原山（伊豆大島）いちめんの椿に感じ入っての作品です。

湯の峰の湯に脱がばやの花衣

〈ゆのみねのゆにぬがばやのはなごろも〉

昭和五十七年作／句集『あなたこなた』所収

昔から〝伊勢へ七度熊野へ三度〟（伊勢参りや熊野参りは幾度してもよい、信心は熱心なほどよい）といわれていますが花の季節の熊野行です。この地に江戸時代後期からつづく「あづまや」がありますが〈紅梅やあづまやのゆをこひ宿る〉（昭和三十年作）の句碑が建立され祝賀の旅でもあります。（またこの時期に〈山又山山桜又山桜〉の句碑が熊野川町に建立されています）。掲句の季語は花衣。湯垢離場として有名な湯の峰温泉へもおもむかれ、くつろがれての作です。ゆったりと花衣を脱いで逗留をしましょうという心組みを中七の措辞に知ることができます。俳句という短詩型文学にこれほどの詩趣を盛り込む青畝の大人ぶりに感じ入ります。

くるりくるり血まなこ見せて五月鯉

〈くるりくるりちまなこみせてさつきごい〉

平成二年作／句集『一九九三年』所収

オノマトペのおもしろい句。いわゆる鯉のぼりが大空を勇ましく風に吹かれている情景を詠っています。鯉の目はまんまるく朱色に描かれまるで血まなこのようであると表現。くるりくるりと身をよじらせるたびに自分の方を向いてでもいるようにも見えます。天真爛漫に、偽りも飾りもなく無邪気な鯉のぼりなのです。

暖竹のしづまる間なし大南風

〈だんちくのしずまるまなしおおみなみ〉

昭和四十六年作／句集『旅塵を払ふ』所収

暖竹はイネ科の多年草で葭竹のことです。

本州中部以西の海辺や河岸に群生、高さ二〜四メートル、それ以上にもなるたくましい植物です。大南風の吹くこの季節、暖竹は一年中で最も勢いよく繁茂し、一日中ざわついています。

土地により南風のことを、はえ、まじ、まぜとも呼びますが、時には雲をとばし高波を起すことがあります。掲句は、太平洋から吹く大南風がいかなるものか想像でき、それにたちむかう強く元気な暖竹を描写しておもしろいです。

漁村では防風垣として植えられていることが多く、季節季節の情をよぶこともあり俳句的な植物です。

足柄を雷公いまだ去り難し

〈あしがらをらいこういまださりがたし〉

昭和六十年作／句集『除夜』所収

青畝八十六歳の作です。前年、高齢の手術に耐えはやもこの年、三月に伊豆の伊東、四月には紀州田辺へ、八月には箱根周遊、掲句は箱根での作です。一読するなり誰もが子供のとき聞かされた足柄山の金太郎の話を思い浮べると思います。源頼光の四天王の一人となった坂田金時の幼名は金太郎。足柄山で熊と相撲を取りハッケヨイ、ハッケヨイとかけ声されつつ勝った金太郎さんなのです。折しも雷が大暴れ、箱根の山を去ろうとしません。青畝の大きく愉しい人柄は雷に公をつけ親しみをこめ雷公と詠嘆しました。「公」にはたくさんの意味がありますがここでは親愛の気持と〝ほほう、君はえらい人なんだなあ〟という両方の心情と思います。

朝夕がどかとよろしき残暑かな

〈あさゆうがどかとよろしきざんしょかな〉

昭和二十一年作／句集『春の鳶』所収

『自註阿波野青畝集』を読むと「いつまでも暑いとぼやいていたが、ふと朝や夕ぐれの凌ぎ易さを知った。秋がはっきりと感じられる喜びである」と書かれていて人の本音をのぞかせます。中七の措辞に平談俗語のよろしさを見ます。このように衒いのない大人の器を持つ御仁でした。こう表現されるとこの句すぐ誰もが諳んじてこの季節がくるとつい口をついて出てくるのが不思議です。それほどに人の機微さえ加わって残暑の浪花に住むわれわれにはよくよく理解できる句なのです。

ところが、実はこの句、伊賀盆地での作であると知りあっと驚かされるのです。伊賀の暑さもしみじみと理解できるから巾の広い句といえましょう。

もしか地震あらばの九月来たりけり

〈もしかないあらばのくがつきたりけり〉

昭和四十二年作／句集『旅塵を払ふ』所収

九月は台風襲来など被害の多い月です。

特に農家では中稲が開花期を迎え九月一日ごろの厄日（立春からかぞえて二百十日目）の無事を願います。最近は地震も頻繁にあり掲句のように不安の心がつのります。青畝は二十四歳のとき関東大震災を体験、その生々しさを知るだけに九月は緊張されるのでしょう。

中七「あらば」は仮定表現で「あったならば」の意。この表現によって大自然の脅威が思われこの作品の中心をもりあげています。

平成七年一月十七日阪神・淡路大震災では、青畝はすでに帰天（平成四年十二月二十二日）、その恐怖を体験されずにすんだことにほっとするのです。

夜業人に調帯たわたわたわたわす

〈やぎょうびとにベルトたわたわたわたわす〉

昭和九年作／句集『國原』所収

秋の夜更、耿耿と点灯している小企業の町工場を通りすがりにのぞいたことがあります。中ではモーターが唸って騒音を立てています。モーターと主軸をつなぐ長いベルトは使いこんでくたびれているようです。充分に張っていないためたわたわ……と左右に振動しています。やかましさに近所迷惑を訴える人があるかも知れません。しかしどことなくのんびりした夜業の様子が掲句にはあり、たわたわ……という擬音はなかなかおもしろいです。

青畝の自解に

この句を発表すると、私が意外な句材にとりくんだという先輩があった。

また或るエンジニヤーには、このようなベルトを使っていると能率が悪い
ぞと冷やかされた〟

とあります。青畝の俳句観に当時の句材のありきたりを脱却しようとする試みがあったのだと思います。

柿吸へば一粒種がとび出たり

〈かきすえばひとつぶだねがとびでたり〉

昭和五十九年作／句集『除夜』所収

上五の措辞で熟柿であることがすぐ理解できます。よく熟れた柿はくちびるで触れて吸うとつるつると甘い汁が喉元をすぎてゆきます。掲句は一粒の種が柿の実にまじって口中にとびでてきたというのです。ただそれだけのことがらを一粒種と大切なものの扱いをもって感情をこめ句の姿をととのえています。青畝には熟柿の句が多いですがなかでも〈くちづけとおもひ吸はるる熟柿かな〉〈鵯鳥の嘴ふかき熟柿かな〉〈大熟柿吸ひひやくひろを冷やしけり〉などそれぞれに写実の上手さに加え人間生来の味わいがあります。

鮟鱇のよだれの先がとまりけり

〈あんこうのよだれのさきがとまりけり〉

昭和五十二年作／句集『不勝簪』所収

鮟鱇は平たい体で頭上のアンテナ状の鰭をゆらし小さい魚をとらえて生きています。掲句はこの鮟鱇が魚屋の店先に吊されている様子を活写。体長はおよそ一メートルほどですが、巾があるので大型、その実ユーモラスな姿といってもよいです。掲句の中七から下五にかけての措辞を味わうとすらりと詠嘆されたように見えますが、なかなかの観察あっての作品と解るのです。

大きな巾のある口からよだれが紐のようにさがっています。どこまでさがるのかと見ていたら定点があったのです。この句、青畝の代表作でもあります。鮟鱇の美味の時期は冬。「鮟鱇の七つ道具」といって内臓がおいしく、とも、ぬの、肝、水袋、えら、柳肉、皮をさします。

大寒に在れば行蔵なかりけり

〈だいかんにあればこうぞうなかりけり〉

昭和五十六年作／句集『あなたこなた』所収

一年のうち最も寒い時期である大寒は人の暮しもおおよそ訪い訪われることが少ないです。掲句は家居をして静かに過ごしておられる青畝の心境を述べています。行蔵は世に出て道を行うことと隠遁して世に出ないことです。いわゆる出処進退ですが名声や地位にとどまるでなく身の処し方も平常心のままにという青畝の人柄がにじみます。

白魚のまことしやかに魂ふるふ

〈しらうおのまことしやかにたまふるう〉

昭和三十八年作／句集『甲子園』所収

『自註阿波野青畝集』を読むと「生きている白魚は目が黒く透明に見える。つめたい浜風にふれて白魚がふるえている。私にはどうも魂がふるえるのだと見えた」とあります。

白魚漁は日本各地の河口や内湾で篝火を焚いて集魚、刺網や曳網、四手網で漁獲します。

その現場に立つと体長約十センチくらいの白魚が密集してうごめいて、なかには跳ねて外へとびだすものがあります。よくよく観察すると掲句のような深い写生ができるのでしょう。心ならず捕獲された白魚のなげきのようなうごめきさえ見てとっての作品です。

反古を食みひもじがりをり春の鹿

〈ほごをはみひもじがりおりはるのしか〉

昭和四十五年作／句集『旅塵を払ふ』所収

美しい秋の鹿とくらべて春の鹿は見るからにきたなく哀れなものです。雄は春に角を落し、雌は秋に妊娠し五月から七月にかけて出産するのでやつれが目立ちます。掲句はみごもった鹿がひもじくて反古を食べている情景です。屑籠をあさり、まるめてある紙屑をのみこんでいるのでしょう。ビニールの袋をのみこむ鹿もあるそうで障害をおこし斃死するニュースを新聞で読んだことがあります。青畝の心の凝視にぬくもりを感じる作品です。

なつかしの濁世の雨や涅槃像

〈なつかしのじょくせのあめやねはんぞう〉

大正十五年作／句集『萬両』所収

涅槃は陰暦二月十五日、釈尊入滅の日です。堂内には涅槃図が掛けられ、朝から降っていた雨に古色を深めています。お軸は嘆きの極みを描き神秘的、参詣の人々は近々と前へすすみ眺め入ったり合掌をしたりしています。

掲句の濁世の雨の語意は、人間が現実に住んでいるこの世に降る雨、また濁った末世に降る雨と解したいです。

句意は涅槃像を心しずかに眺めていると、いつのまにか生きている娑婆の雨もなつかしいようなありがたいような気分がしてきたというのです。

青畝には涅槃の作品が多いですが掲句も代表作の一つです。

死の雨か摘まれし苺やはらかく

〈しのあめかつまれしいちごやわらかく〉

昭和三十一年作／句集『甲子園』所収

原水爆実験により死の雨が降りました。井伏鱒二の小説『黒い雨』にも詳しいですが掲句の苺という可憐な食べ物にも及ぶ悲惨を思うとやりきれません。情を押しだしつつ、措辞の的確さに学ぶことの多い作品です。『自註句集・三宝柑』に「ビキニ水爆の実験で福竜丸被災以来世論をわかせた死の雨の恐怖はなかなかおさまらなかった。外国が次々と実験するたびに気流に寄せられる日本は掃溜めの場所とならざるを得なかった関係である。梅雨が近づくと最も恐怖されたのは核の塵埃をふくむ雨が野菜などの食物に附着するからだ。赤く美しくなった苺を朝夕の食卓に上らせると、いままでのように安心して食べられない。雨の日に摘まれた柔かな苺を疑えばただ怖しいのであった」とあります。

装束の真黒き鵜匠夕ごころ

〈しょうぞくのまくろきうしょうゆうごころ〉

昭和二十七年作／句集『紅葉の賀』所収

宇治川での作。塔の島の岸辺を起点として鵜飼が行われます。そこには年を経た松が翼をひろげ、真下に鵜小屋がつくられています。独得の形の鵜舟が松の幹に舫ってあり瀬に揺れています。時刻が近づくとそろそろ鵜匠のお出ましです。小屋から鵜を出し、人に接するように声をかけてやっています。今か今かと待つ観光客に鵜篝りが焚かれると辺りに松明が匂いはじめます。いよいよ鵜匠が装束をととのえ舟に乗りこみます。烏帽子から足先まで黒で統一された姿。人形づかいの黒子のようです。宇治山かけてしっとりと、闇の世界へ沈んでいく、記紀歌謡や万葉集にも詠われている鵜飼を夕ごころという情趣で詠みこなしている青畝の作品です。

リルケの詩夜店の婆の手より受く

〈リルケのしよみせのばばのてよりうく〉

昭和四十年作／句集『甲子園』所収

季語は夜店です。

普段着でぶらりと出かける夜店は庶民のたのしみです。最近の夜店は子供目当てのテレビ漫画などのキャラクターを景品にあの手この手の商戦が多いように思います。依然として変らぬものは金魚すくい、輪投げなどですが、掲句のようなリルケの詩集などをならべる夜店ならではの古本屋はなかなか見かけることができなくなりました。

この句の魅力はリルケの詩を見つけ買っていこうとする人物像が描けていることです。

また、下五の〈手より受く〉の受くの二音に作者のえも言われぬ満足感がこめられていることでないでしょうか。さらに連想して愉しいのはリルケに類した名詩集や青春時代人々がなじんだ古典の名作がその夜店にはならんでいたのでは、それを売るお婆さんはかつて文学少女ではなかったのかしらとか次々と思いをふくらませてくれるロマンティックな作品です。

露のすぢ几帳面なる芭蕉かな

〈つゆのすじきちょうめんなるばしょうかな〉

昭和五十年作／句集『不勝簪』所収

かはほりのばたりと当る芭蕉かな　大14

草の戸の芭蕉最も幅利かす　平2

青畝には芭蕉を吟じた句が多く芭蕉ならではの特徴を詠みあてていますが掲句は最もその情趣が顕著です。『自註阿波野青畝集』によると、「芭蕉の広い葉が窓いっぱいに迫る。その葉のおもては露のながれるすじがきまっていて、その几帳面さを見つけた」とあります。たしかに芭蕉の広い葉にはすじが多いですがそのすじを露の玉がわき道もせずただ一すじ直進して落ちます。それを几帳面という主観でとらえた見事な写実表現です。季語は露。

初汐の伊根は舟小屋ばかりかな

〈はつしおのいねはふなごやばかりかな〉

昭和六十一年作／句集『西湖』所収

伊根といえばおだやかな湾に舟小屋がたたなわる風景です。二階が住居、階下が舟着場（舟屋）です。漁を終えた舟は自宅である海へ向く舟屋へ吸いこまれるように帰ってくるのです。

さて掲句の季語は初汐です。陰暦八月十五日名月の時間帯の満潮と考えるとよいです。

まどかな月に照らされた波音もしずかな伊根の情景を青畝の作品は詩人の目を通し美しく詠いあげています。下五のばかりかなという表出は省略の上手さ、何より無垢な青畝の人柄によるものです。

ドレッシング混らぬ朝の寒さかな

〈ドレッシングまざらぬあさのさむさかな〉

平成二年作／句集『宇宙』所収

庶民の日常生活の一齣を素早く切りとった作品です。季語は「朝の寒さ」で「朝寒《あささむ》」の同義語と考えてよいです。朝寒は秋の季語ですが秋も終わりのころのまもなく冬がくる寒さを本意とします。

掲句の本情は朝食のためのドレッシングが気温が下がっているために上手く混ざりにくいと季節感をにじませています。下五の切字かなが冬が近くなったなあと詠嘆をこめて効果的に使われていることを知りたいです。

服部良一作「大阪カンタータ」

うごく大阪うごく大阪文化の日

〈うごくおおさかうごくおおさかぶんかのひ〉

昭和四十九年作／句集『不勝簪』所収

昭和四十九年十一月三日、文化の日、青畝はフェスティバルホールでの大阪芸術賞の授賞式に列しました。この日、大阪出身の服部良一作曲の「おおさかカンタータ」が演奏されました。

カンタータはバロック時代にイタリアで始まり、西ヨーロッパでも発達した声楽曲で、レチタティーヴォおよびアリアによる独唱、重唱、合唱から成っています。オラトリオのこともいいます。青畝はこの曲を聴いた印象を掲句として発表。このリズムには活気あふれる商都大阪のイメージがあり、大阪への讃辞がこめられていると思います。この句にも元来の作風である中心を逃さないおおらかさを見ます。

臘八や雪をいそげる四方の嶺

〈ろうはつやゆきをいそげるよものみね〉

昭和二十一年作／句集『春の鳶』所収

臘八は釈迦が雪山で六年間苦行をして下山、菩提樹の下で暁の明星を仰いで悟りを開いたという日で十二月八日の臘八会のことです。

禅寺では法要が行われます。関西でも京五山の禅寺ではこの日早朝からその儀式があり、お詣りする人々に出会います。

掲句は臘八会を修している禅寺へお詣りしたところ、その厳粛な気持は辺りの嶺々に及び、雪をかぶりはじめた清浄感に加えてまもなく深まってくる冬へ思いを馳せています。自然の摂理を自ずから感ぜずにはおられない作者の心を知るのです。

掃初のそもそも塵の出る処

〈はきぞめのそもそもちりのでるところ〉

昭和六十二年作／句集『西湖』所収

人情の機微をついた作品といってよいです。

中七のそもそもの用法がおもしろく情景がひろがります。今年はじめて箒を持って何のふしぎも感じず掃こうとしたら、はて、いま目の前のこの塵は、いったいどこから出るのだろうと、常にも訝っていたほどに、出処がここであったのだなあ……と理解したというのです。作者だけでなく読者に共感させ、一見平凡な素材でありながら納得させる巧い表現力です。俳句は……いいかえて感動とは平凡の中の非凡を見つけることです。心を純粋に保ってこそ感動はとびこんでくるのだと思いました。

練行の手水手水と僧走り

〈れんぎょうのちょうずちょうずとそうはしり〉

二月堂修二会

昭和五十三年作／句集『不勝簪』所収

季語は練行。

二月堂のお水取にはまず十一人の練行衆が別火坊に籠ります。その後本行に入りますが、春とはいえ、寒気きびしいこの修二会の行（三月一日から三月十四日まで）に練行衆の僧の一人が「手水」「手水」と厠へ走って行く様子を軽妙にとらえています。

一年中で一ばん寒いときと巷でもささやかれるように苦しい行を暗に匂わせつつ作者のあたたかい目が注がれている一句です。

武者さんの画にはなりさう種の薯

〈むしゃさんのえにはなりそうたねのいも〉

昭和四十九年作／句集『不勝簪』所収

季語は種の薯。

青畝は植付をする種薯を見て、武者小路実篤の画を直感、親しみをこめて武者さんとくだけた呼びかけをし、その画材にはなりそうだよとあたたかいユーモアをもって掲句を詠んでいます。青畝もまた画を能くし平成四年に『わたしの俳画集』と題して角川書店より画集を出版していますが、雅趣が実篤と共通しているような何とも人温のある画風です。

実篤は「白樺」を創刊、その代表的作家ですが、私共も青春の純粋さをみなぎらせた小説など読み、特に『友情』には感動したものでした。あらためて、三、四月頃植付をする掲句の種薯をじっくりとながめてみたくなりました。

色卵できゆく母の膝の上

〈いろたまごできゆくははのひざのうえ〉

昭和四十二年作／句集『旅塵を払ふ』所収

季語は色卵。復活祭はキリスト教信者たちがキリストの復活を祝うよろこびの祭儀です。

卵を茹でてその上に絵を描いたり、染色したりなかなか美しいもので、各家庭で家族して彩色するのは復活を祝う朗らかな行事です。

掲句は母親をなかに睦まじく子供たちが色卵を作っている情景が詠われています。母親の作る色卵を真似たり、自分流のたのしい模様をほどこしたり、母親のまろやかな膝の上はさながらアトリエのようなものです。絵ごころのある青畝も一筆を執り仲間入りされたことでしょう。〈イースターエッグ彩る漫画かな〉〈イースターエッグ立ちしが二度立たず〉など多くの作品があります。

対馬

駆けてゆく駿馬に似たる卯浪あり

〈かけてゆくしゅんめににたるうなみあり〉

昭和五十一年作／句集『不勝簪』所収

解りやすい作品です。季語卯浪に対する形容が的確だからです。ところがそこからひろがってゆく情景、たちあがってくる地理の現場が興味深いのです。卯浪は卯の花の咲く五月ごろの浪で、低気圧や不連続線の通過によって川や海に白波が立つことをいいます。

青畝はこの年、故郷を対馬とする一弟子に招かれこの地にあそびました。博多を出帆して長時間船客となり、その途次壱岐を通過し対馬を待ちこがれつつ詠んだ一句です。大きい波の穂に走る駿馬を直感したのです。この旅では見事なる多作で愉しい旅をものされたようです。〈島の藤漁網うち懸けたるごとし〉〈船越はしづかなる江や吹流し〉〈草笛やさても見ゆると韓の国〉など。

夢枕多美子ならずや濃紫陽花

〈ゆめまくらたみこならずやこあじさい〉

昭和四十二年作／句集『旅塵を払ふ』所収

青畝先生が二十四歳で病没された御長女多美子様を偲ばれての作品です。その時青畝は対馬へ旅されていました。父親青畝に逢えぬまま息をひきとられ、いかばかり父と娘の訣れは切ない悲しいものであったことかと思わずにおられません。

掲句、季語は濃紫陽花。この紫陽花の咲く頃、六月五日を多美子様の御命日とされていますが、父としてこの花を娘の面影としておられるのでしょう。自註に、旅に発つ青畝に「『お父さん旅に気をつけて』との最後の一言が耳に残り思い出すのである。ふだん夢を見ない私がこの忌日の前後は夢を見る。それは夢枕に現われる若い長女の面影の他のものではなかった」とあります。

雪渓とガレとは天を同じうす

〈せっけいとガレとはてんをおなじうす〉

昭和四十五年作／句集『旅塵を払ふ』所収

雪渓に立ってみたときの臨場感をナイーブに表出、これ以上の言葉がないほどに的確です。

雪のないガレ場と雪渓は密着しているように見えます。その上には青天井がひろがっています。まっ青の大空は夏山の魅力、雪渓を踏むことができたら無上のよろこび。

掲句の現場は木曾駒ヶ岳。青畝先生は健脚でした。若き日から往復四里の畝傍中学へ通学されました。更に青年の頃は北アルプスを跋渉されました。高齢になられてもかなりの坂道をわれわれ弟子の先頭を歩かれました。心もからだも健全で句はさらりと夾雑物のない表現を身を以って教示されました。

立秋やレマン湖上の老旅人

〈りっしゅうやレマンこじょうのろうりょじん〉

昭和四十四年作／句集『旅塵を払ふ』所収

昭和四十四年、青畝は欧州聖蹟めぐりをされました。〈レマン湖は初秋風に波見せず〉〈レマン湖もヨット天国風は秋〉〈レマン湖の高廈に避暑の客を泊む〉もその折の作品。

『自註阿波野青畝集』には「八月の欧州旅行でもスイスはさすがに立秋を満喫した。一二〇ｍの噴水を見ながらレマン湖を舟遊した。老旅人の私は古稀である」とあります。かなり昂揚された清しく楽しい旅であったことがうかがえ俳句のみならず、短歌も作っておられます。掲句の下五、老旅人こと青畝の詩人性はアルプス山系中最大の湖、レマン湖を写生、未知の私もスイスを連想して涼しさをいただいた気分がしました。

秋蝶のさすらふかぎり色ケ浜

〈あきちょうのさすらうかぎりいろがはま〉

昭和五十年作／句集『不勝簪』所収

色ヶ浜は敦賀半島の先端近くの西行にゆかりのある歌枕です。芭蕉もこの歌枕を訪ね、おくのほそ道の途次八月十六日「種《いろ》の浜《はま》」に遊んでいます。

十六日、空霽れたれば、ますほの小貝拾はんと種の浜に舟を走《は》す。（略）浜はわづかなる海士《あま》の小家にて、侘しき法華寺《ほつけでら》あり。ここに茶を飲み、酒をあたためて、夕暮の寂しさ、感に堪へたり。

寂しさや須磨に勝ちたる浜の秋
波の間や小貝にまじる萩の塵

と句作しています。

青畝も西行、芭蕉を慕うこころをもって色ヶ浜をたずね、この紀行文、『おくのほそ道』の情趣に浸り、掲句を作られました。

秋蝶のこまやかさ、寂しさは文中の「ますほの小貝」を充分想わせ色ヶ浜への挨拶句でもあります。

しづかなる雨漏なれど大野分

〈しずかなるあまもりなれどおおのわき〉

昭和二十五年作／句集『春の鳶』所収

野分の大きさが上五から中七にかけての的確な表現によくわかります。屋内にありながら野分の音を聞いている作者です。雨戸にぶつかる風の音、雨の音、嵐は狂っているのです。その猛々しさの中、一滴の雨漏がしました。いかにも間のぬけたような雨もりの音。それは静寂という怖さであり、外の面の野分のスケールがいかに巨大なものであるかを感じさせるのです。

芭蕉野分して盥に雨を聞く夜かな　芭蕉

この句、芭蕉の野分の情趣として知られていますが青畝の句境と同質なのが読む側に俳境としてうけとれてうなずかせられます（風に吹きもまれて庭の芭蕉の葉がバサバサッと割ける音がします。寂しい、耐えられぬほどのわびしさが湧いてきます。深い芭蕉庵の屋根から雨漏がしてそれを受ける盥には音がするほど雨が落ちてくるというのです。侘び住みの味わいのある句です）。

夕づつの光りぬ呆きぬ虎落笛

〈ゆうずつのひかりぬほきぬもがりぶえ〉

昭和二年作／句集『萬両』所収

季語は虎落笛。冬の烈風が垣根や物干竿にあたりヒューヒューと笛のような音を出すことをいい、夜更の寒さの中で聞くといかにももの淋しいです。夕ずつは金星（宵の明星）のことでこのとりあわせは人の心の奥底に孤独を感じさせます。しかし写生句で情をやわらかく内包しています。虎落笛の吹く夜、金星が鋭く光っています。ふり仰ぐと明滅してはふとぼやけるように見えるというのです。光りぬ、呆きぬと切れを重ねて完了した意を表しますが、味わうと充分余意余情を感じさせます。「〜てしまう」「〜てしまった」と深読みしたいのです。大阪の阿波野家に入って四年を経たときの作。大和高取に生まれ育った青畝の望郷の作品として有名。『萬両』は望郷の句集といってよいでしょう。

ルノアルの女に毛糸編ませたし

〈ルノアルのおんなにけいとあませたし〉

昭和二十四年作／句集『春の鳶』所収

　掲句の下にラ・パ・ボーニ喫茶店と作成の場が付記されています。しずかな空間の壁にはフランスの印象派画家、ルノアールの絵が飾られていたのでしょう。その絵の虜となった青畝はルノアールの特徴である豊満、官能的な画中の女に毛糸を編ませてみたいという欲望に駈られたのだと思います。画中の女の髪は上等の毛糸の色あい、あたたかそうな、髪だけでなく色彩のやさしい裸婦像は世界中の人に愛されています。
　青畝は遠出の吟行には画帖を携え句をいつ作られるのかと思うほどせっせと写生しておられました。晩年『わたしの俳画集』を角川書店から出版されました。季語「毛糸編む」をうんと飛躍させポエジィのある句境を詠嘆しています。

平成二十二年〜二十五年

汝の年酒一升一升又一升

〈なのねんしゅいっしょういっしょうまたいっしょう〉

昭和二十九年作／句集『紅葉の賀』所収

大酒豪と向いあって年酒を祝っておられるのでしょうか。それとも句の姿、句のおもしろさを味わってほしいと特定の誰ということでなく、楽しくひろがりを見せようとされたのかも知れません。この作品のリフレインの部分は大方の人が李白の「山中にて幽人と対酌す」を直感すると思います。

両人対酌すれば山花開く
一杯一杯また一杯
我は酔うて眠らんと欲す君はしばらく去れ
明朝意あらば琴を抱いて来たれ

掲句の詩情は青畝が李白になってたのしい詩酒の客ごっこをしておられるような気持にさえなってきます。いかにも大人の風格の青畝師でした。

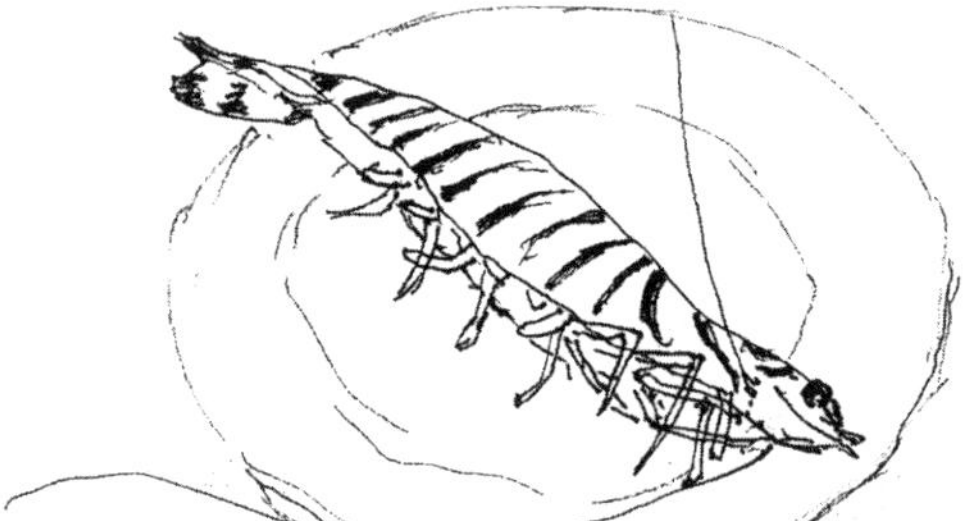

二月尽利休の心温ねけり

〈にがつじんりきゅうのこころたずねけり〉

平成二年作／句集『宇宙』所収

下五の「温ねけり」の措辞を味わうと〝古きをたずねて新しきを知る〟の意の深さ（論語の温故知新）を表現されています。二月も終わりともなると利休の忌日（二月二十八日）が思われたのです。わが国茶道の大成者、武野紹鷗《じょうおう》に学び侘茶を完成した人ですが、秀吉の怒りに触れて自刃した利休の生涯をしみじみと辿り学ぶこころになられたのです。

掲句の季語、二月尽の二月は一年のうちでいちばん日数が少なく、「尽」という実感がふさわしいです。

まだ早春の凍返る寒さのうちに胸ふたぐ利休忌があることも、この季節の俳人として詩情を深めたく思います。

手帖又落すげんげに寝ころべば

〈てちょうまたおとすげんげにねころべば〉

平成四年作／句集『宇宙』所収

紫雲英と書いてげんげと読みます。解りやすい句です。春の田んぼを埋めるやさしい紫紅色はげんげ。誰もが一度は大手をひろげて眠ってみたくなる優しさ、美しさです。掲句はまさに寝ころんだというのです。句作されていて幸せに満ち満ちておられる瞬間なのでしょう。一句手帖にしるして寝返りを打ったとき手帖をげんげの上に落しました。また句が浮んで書き入れようとして、あれあれ手帖はどこなのだときょろきょろするとげんげの上。こんな繰り返しの俳人青畝の姿を想像します。先生は平成四年十二月二十二日にお亡くなりになりました。闘病中でもあり、たのしい思い出の中での作品でしょう。句集『宇宙』は青畝最後のもの。みまかられた翌年の平成五年に出版されました。

大浦天主堂

磔像の全身春の光あり

〈たくぞうのぜんしんはるのひかりあり〉

昭和二十八年作／句集『紅葉の賀』所収

十字架上に釘を打たれた痛ましいキリスト像を磔像といいます。昭和二十八年長崎を旅されましたが原爆投下で潰滅した浦上天主堂と異なり日本最古のゴシック建築の大浦天主堂の無事と磔像をまのあたりにされた青畝は跪きよろこびの祈りをささげられました。春の光につつまれた主イエスの像はいかばかり神々しいお姿であったことでしょう。掲句の中七の措辞に青畝の満ち足りたお気持が汲みとれます。昭和五十四年「かつらぎ」五十周年記念に金工・羽原一陽氏の作なる句碑建立がなされました。その除幕式典に、まだ少し若かった私は青畝先生に花束をお捧げする役目を仰せつかりました。私にとっても思い出の句碑であり、謙遜を教えられる俳句です。

一菜といひし筍大輪切り

〈いっさいといいしたけのこおおわぎり〉

昭和四十五年作／句集『旅塵を払ふ』所収

一読、白く煮含めた大輪切りにされた筍が見えます。柔らかく、薄味のしみこんだ筍です。

掲句は、上五の措辞から一菜とはいいながら主菜なのです。たのしんで味わうには種々は要らないのです。

余分な言葉をはぶいて、ものの実体に迫る作品といえます。

ところで竹には孟宗竹、苦竹、淡竹、紫竹、大明竹、蓬萊竹などの種類があり、みな筍ができますが、食用になるのは孟宗竹、苦竹、淡竹などです。孟宗竹の筍はもっとも大きく立派で、味もよいです。

ならべられつつ口動く鮎を買ふ

〈ならべられつつくちうごくあゆをかう〉

昭和二十七年作／句集『紅葉の賀』所収

囮屋で鮎を買っています。友釣りにする鮎でなく、おそらくお土産にするのでしょう。主人と客である青畝とのやりとりがきこえそうです。「お客さん、よう肥えてまっせ、昨日入ったばかりのピチピチしたのつかんであげるで」とやや尻上がりの大和言葉で吉野の鮎を笊の上にならべます。鮎はくろい目をぱっちりとあけ口をひくひく動かしています。生簀の中から一尾、二尾と鮎は手づかみで並べられてゆきます。初鮎は華奢で剃刀のような色合をしています。盛りの鮎は胸のところに追星という黄色い斑点をつくり釣師は鮎の勲章ともいいます。焼くとじゅうじゅうと脂を落し味ののった旨さです。掲句の観察の鋭さと緊密なことばはこびを学びたく思います。ところで鮎は胡瓜の香がします。

浮いてこい浮いてお尻を向けにけり

〈ういてこいういておしりをむけにけり〉

昭和五十年作／句集『不勝簪』所収

くだけた口語俳句です。読む人を楽しくさせる作品です。

何もむつかしい内容ではありません。子供のころ盥の日向水にセルロイドやブリキで作った人形、金魚、亀などで遊んだ人も多いと思います。どこかに穴が開いていていて水が入っては沈み、またその水を振って抜いては浮べるの連続です。

掲句は人形でしょうか、水面に浮いていたのが揺れている水にくるりと廻りお尻を向けたよ……というのです。青畝先生の独壇場、茶目っ気、子供心、邪気のないお人柄で作られたかわいらしい句です。

月下美人膾になつて了ひけり

〈げっかびじんなますになってしまいけり〉

平成四年作／句集『宇宙』所収

月下美人はサボテン科クジャクサボテン属の一品種。夏の夜、純白大輪の優雅で香気漂う花が咲きます。五時間くらいでしぼみますが女王花とも呼ばれるほどにその気品は類がありません。

〈女王花ただちに卒塔婆小町かな〉はじめ数々の月下美人の句がありますが青畝先生がいかばかりこの季語を愛されたのかと思うほど、掲句はおもしろく、ふところの深い先生の作なのだと思います。そして卒塔婆小町になったそのつぎは膾になって味覚として先生の舌をたのしませます。膾やサラダにされると は月下美人はよもや知りません。

養命酒ちびちび舐めて居待月

〈ようめいしゅちびちびなめていまちづき〉

平成三年作／句集『宇宙』所収

青畝には白酒や治聾酒の作品は多いですが酒そのものを詠んだものは少ないです。こんな背景からもわかりますが酒を嗜みませんでした。しかしその雰囲気はお好きなようでした。

掲句は月をたのしみつつ、それも十五夜でなく陰暦十八日の月、居待の情趣に浸っておられたのです。身を健やかにするという養命酒をかたわらにしてちびちびと舐め居待月の俳句へ詩情を深めておられたのだと思います。

月の呼び名が十五夜、十六夜、立待月、居待月、寝待月と変化していく趣は日本古来からの伝統です。そのように本情を味わうと掲句の本意がよく理解できます。

秋風の柱をつつむ払子かな

〈あきかぜのはしらをつつむほっすかな〉

昭和二十一年作／句集『春の鳶』所収

下五の払子はもとインドで蚊や蝿を追うために用いた法具。お寺の柱にかけてある払子が秋風に吹かれてひろがって柱を包んだよと風の涼しさを詠っています。払子は唐音。長い獣毛を束ねてこれに柄をつけた具で日本では禅僧が煩悩、障碍を払う法具として用い白払《びゃくほつ》、払塵《ほっす》ともいいます。

人が見のがすような一点に詩情を感じる青畝俳句の詩的天分が見えます。払子の長い毛足が柱にまつわり包んでいるというだけでなく寺の堂内のたたずまいが描写されていることはいうまでもありません。秋風ならではの本意本情に感じ入りたいです。

神農の虎三越をまだうろく

〈しんのうのとらみつこしをまだうろうろ〉

昭和四十七年作／句集『旅塵を払ふ』所収

十一月二十二、二十三の両日は神農さんの祭です。大阪の人が親しみをこめて呼ぶ祭。正しくは神農祭とよばれ薬種問屋が軒をならべていた大阪は中央区道修町にある少彦名《すくなひこな》神社の祭です。少彦名は日本の医薬神ですが同じところに中国の神話伝説の祖とされる神農氏が祀られていたので神農祭ともいいます。当日には魔除けとして張子の虎が笹の枝に結ばれて神社でくばられます。張子の虎のいわれは文政年間にコレラが流行したとき虎の頭の骨粉などを調合して丸薬にしたのを奉納したことにはじまります。

大阪の人たちはこの張子の虎の笹を肩にかついで家に帰ります。掲句の中七の三越百貨店は当時道修町を堺筋に出るとすぐ向いにありました。神農さんの帰りの人が小買物をしつつ三越の中でうろうろしているおおらかな様子を詠嘆された作品です。

開いた口ふさがらぬかに吸入す

〈あいたくちふさがらぬかにきゅうにゅうす〉

平成二年作／句集『宇宙』所収

季語は吸入（冬）。吸入器として一句に仕立てることが多いです。

掲句は、なんともユーモラスな人間の所作を切りとっています。たしかに吸入をするにはポカンと口をあけたまま湯気に向い、唇からポタポタとその雫をこぼしています。その姿を客観視されての作品です。上五から中七にかけての措辞は当を得た表現です。「開いた口がふさがらぬ」は慣用語としてよく使われますが、あきれかえったり、あっけにとられたりしたときをいいます。吸入をしている当人にとっては致しかたのない恙のもの悲しさ、その身にもなって同情をしている優しみの一句でもあります。

去年今年またぎぬペンを持ちながら

〈こぞことしまたぎぬペンをもちながら〉

昭和四十年作／句集『甲子園』所収

去年ペンを持ち机に向っていた作者にしずかに時がうつりいつのまにか今年になっていたという簡単に解釈できる句柄。しかし中七のまたぎぬという措辞に万感の思いが籠っていることを知りたいです。主宰という仕事、その前に一人の俳句作家であるという多様、多忙の日々は胸中いかばかりでいらっしゃったことよと今にして思います。先生にお会いするといつも大様、にこやかであられましたが、その平常心の持ちかたを天国を仰いでお教えいただきたい気持です。掲句も誰にもわかりやすく、季語を尊敬して作られた句と頭を垂れたいです。

びるばくしや鬼踏まへ春立ちにけり

〈びるばくしゃおにふまえはるたちにけり〉

昭和四十九年作／句集『不勝簪』所収

「びるばくしゃ」は四天王のうちの広目天をさします。持国天は東方、広目天は西方、増長天は南方、多聞天は北方の四境を守護する神でいずれも力強い沓で邪鬼を踏んまえています。「びるばくしゃ」といわれている広目天は四天王の中で一番男らしく美男子の面持ちとされています。掲句は奈良東大寺、戒壇院の四天王の広目天を詠まれているのですが、もともとこの四天王は東大寺のどこかの寺院から移されたものとされています。青畝が広目天を詠まれた句に、〈びるばくしや筆執る寒き堂の内〉があります。筆とる寒さにご自分も文筆をするという親しみを感じておられるのでしょう。

広目天に守られ恙なく春の訪れを讃える戒壇院のたたずまいが見えます。

よろこんで出ちらばりたる地虫かな

〈よろこんででちらばりたるじむしかな〉

昭和十四年作／句集『國原』所収

冬ごもりの虫がはい出る啓蟄の頃は地面がきらきらとして眩しいです。気をつけて目を凝らして見ると冬眠していた地虫が一つ二つ、さても三つ四つ、さらにまるで地上に出たことをよろこんでいるかのように数えきれぬほど散らばってうごめいています。その様子を素朴に表現しています。見た通りとはいえ上五の表現に作者の心のあり様が生き生きと述べられています。この「地虫出づ」という季語、地虫だけでは昇格できず、「地虫出づ」とか「地虫出て」とか出るという言葉の斡旋が必要です。

開花葉勢印のみほとけ糸ざくら

〈かいかようせいいんのみほとけいとざくら〉

昭和三十八年作／句集『甲子園』所収

掲句のみほとけは多武峰に登る途中の聖林寺の国宝十一面観世音です。一度このみほとけに見《まみ》えるとその美しさ、気品に虜となるのです。

この観音の伸ばしている右手の五指の形を開花葉勢印といいますが、花がまさに開こうとする勢いがその指を見て感じられます。仏の手の印の一種です。

この聖林寺の門前に糸桜（しだれざくら）が咲いています。この桜も開花葉勢印の形にも仏の心が深々と表現されているような気がします。おだやかな極楽の世界ではないかと思うのです。

補聴器がぴいぴい衣更ふるときに

〈ほちょうきがぴいぴいころもかうるときに〉

平成二年作／句集『宇宙』所収

初夏五月、衣更えの時期、身につけている補聴器がぴいぴいと鳴るよ、衣を更えているときににぎやかなことよ……と軽い感興を詠嘆している作品です。

青畝先生は幼児のとき耳疾にかかられ、補聴器をつけておられました。補聴器はなくてはならぬ分身のひとつであったでしょうし、補聴器のぴいぴいとハウリングする音も親しきものであったと思います。青畝には〈補聴器のぴい〳〵と鳴く年の暮〉の作もあり、私など一つの音楽美を感じてとても愉しいです。音楽美といえば俳句は口誦性が大切であり、リズムとか間もおろそかにできない、かなりデリケートな文学としみじみ思います。

あぢさゐの途に鎌倉五山かな

〈あじさいのみちにかまくらござんかな〉

昭和五十年作／句集『不勝簪』所収

鎌倉五山は足利義満の定めた臨済宗の五大寺をいいます（京都五山も同じく五大寺で、それに対して鎌倉五山と呼ばれています）。寿福寺は第三位で虚子の墓があります。久々に上京した青畝は尊敬する虚子の墓詣りをされました。堂々とした建築やそのたたずまいに驚きつつ、あじさいのしずかに咲く道をていねいに辿られたのです。俳句の修業も師近く住みつつ学ぶ人と、師を遠く離れてはげむ子弟もあります。

青畝先生は後者でした。それだけに師への思いは深かったことと思います。「鎌倉五山」という重厚な言葉に「あぢさゐ」という閑寂をそえてまるで挨拶句のようななつかしさをかもしだす情趣があります。

玉虫舞ふ一本立の喬木に

〈たまむしまういっぽんだちのきょうぼくに〉

平成二年作／句集『宇宙』所収

玉虫は吉丁虫ともいい何とも美しく吉兆を想わせられます。法隆寺の玉虫厨子でも有名ですが何しろ美しい色彩に魅了されます。

掲句は玉虫が生き生きと舞っているその姿を活写しています。玉虫は榎の木に多く、まっすぐに立つ太い幹から風に吹かれ出るようにきれいな色をこぼしつつ舞います。中七の「一本立の喬木」は榎の木です。かつてこの情景を大和の城下でじっくり眺めたことがありこの句に接するとなつかしさが甦ります。

女性は玉虫のなきがらをたんすに入れると着物がふえるといい、また媚薬や毒薬に使ったともいわれています。

てのひらをかへせばすすむ踊かな

〈てのひらをかえせばすすむおどりかな〉

昭和二十九年作／句集『紅葉の賀』所収

傍観者となって盆踊を見ているといつとなく掲句のような仕種に気がつきます。同じ動作が単純に繰り返される踊の輪は誰でも突然とびこんでも何とかついていけそうな親近感があります。この句、難解さの全くない素朴な踊のリズムさえ漂ってきて、田舎の風土がやさしく、やわらかく描写されています。自註句集に「毎年のことだが盆のじぶんににぎわうのは踊である。都会よりも田舎に行って足もとのさだかに見えぬ空地ではやされる踊は好ましい。（略）前の人を見てまねれば何でもないしぐさだ。調子に乗って十分踊りぬいた」とあります。

雀蛤に乙姫石になりにけり

〈すずめはまぐりにおとひめいしになりにけり〉

昭和六十二年作／句集『西湖』所収

この句の季語は「雀蛤となる」という中国唐代の天文学による七十二候の秋の季語です。雀の羽の色と蛤の貝殻の色に似通うものがあるところからこのようにいわれたとも。

「乙姫石に」の石は佐賀県呼子町の加部島にあります。佐用姫《さよひめ》が夫を恋い慕って石に化したという「望夫石《ぼうふせき》」の伝説です。

このような古い季語を一句の中に収める青畝の巾の広さ、技量に感銘します。

秋風と我思へども南吹く

〈あきかぜとわれおもえどもみなみふく〉

昭和三十五年作／句集『甲子園』所収

『自選自解』によると、串本節が唄う紀の大島に渡った翌年、樫野埼燈台のほとりに句碑が除幕するとて招かれたとあります。トルコ軍艦遭難の樫野崎にある燈台です。潮岬でも樫野崎でも大きなうねりをたてて黒潮がかおり、山国育ちの青畝は旅情をかきたてられたのです。吹く風は秋風と思うけれど（心情的には）この地では南風なのです。まさしく夏の風なのです。

季語は「南《みなみ》吹く」。季語の真実を大切にした俳句です。

魂ぬけの小倉百人神の旅

〈たまぬけのおぐらひゃくにんかみのたび〉

昭和二年作／句集『萬両』所収

　掲句は、宝塚に近い売布《めふ》にある小さい神社で詠まれた作品です。私はかねがね現場をたずねてみたいと思っていましたが、友人に案内されて願いがかないました。拝殿には三十六歌仙がかかげてあり、かなり古びていましたが読むことができました。少年時代から古典に親しんでいた青畝には「小倉百人」はすっと出た言葉なのです。神が出雲へ旅立たれたゆえに歌仙たちの姿がわびしく見えたのでしょう。それを「魂ぬけの」と感じたままを正直に詠まれたのです。ゆったりとした雅のこころを教えられる作品です。

閑居とはへつつひ猫の居るばかり

〈かんきょとはへっついねこのいるばかり〉

昭和十年作／句集『國原』所収

ローカル味のある作。ごめんなさいと訪ねた家には誰もでて来ず、留守かと思ったら、のっそりと猫がでてきました。竈の中で暖をとっていたのか、ひげが少し焦げた感じ。眉のひげも灰にまみれています。これではしようがない、猫とはなしはできません。なんとまあゆったりとした田舎の家のたたずまいが見えるではありませんか。おもしろく、たのしく、作者のふところの深さもちらりとのぞきます。

今宮戎

陋巷を好ませたまひ本戎

〈ろうこうをこのませたまいほんえびす〉

昭和五十六年作／句集『あなたこなた』所収

この句碑、大阪今宮戎の境内に建立されています。親しみぶかい少しこぶりな句碑です。

陋巷はすこしいぶせき感じの町ということでしょうか。いいかえて庶民の町のよろしさでもあります。戎神社のご祭神は事代主神《ことしろぬしのかみ》です。この神様はこの庶民の町を好んで鎮座しておられるよ、浪花っ子ならの気のおけない陋巷に建つ宮居なのです。

いかにも大阪の町がよく似合う句です、碑です。師青畝をなつかしむ心地で立寄ることいくたび。

三輪山を隠さふべしや畦を焼く

〈みわやまをかくそうべしやあぜをやく〉

昭和五年作／句集『萬両』所収

この句、まずみわやまと隠さふべしやの語句に惹きつけられます。この語句は、〈三輪山をしかも隠すか雲だにも心あらなも隠さふべしや〉の額田王《ぬかたのおおきみ》が、飛鳥から近江の大津へ遷都に際しての三輪山に別れを惜しんでいる歌を青畝らしく魅力的に扱い、季語畦を焼くによってこの風土の雰囲気を盛りあげるのに成功しています。

いかにも大和国原のたたずまいが見えるようです。隠さふべしや——三輪山をそんなにも隠すのか、——畦焼きの煙がたちこめてと解してよいでしょう。

折々三輪山の見える沿線を電車で通りますが青畝先生の掲句を口遊んではたのしい思いをさせてもらっています。

亡妻秀の墓

剝く土筆ベルナデッタの墓のもの

〈むくつくしベルナデッタのはかのもの〉

昭和三十年作／句集『紅葉の賀』所収

句集『紅葉の賀』にある掲句は秀夫人没後十年目の作です。カトリック信者であった秀夫人の霊名はベルナデッタでした。ある日、満地谷《まんちだに》の墓地に眠る秀夫人をとむらわれた青畝は、お祈りのあとその閑かな地で土筆を摘み、持ち帰られ、ひとつひとつハカマをむいて思い出にふけられたのでしょう。その思いが掲句となりました。

どことなく、洒脱、軽妙なこの句に青畝の詩人性がのぞきみられます。季語「土筆」の素朴な扱いにも頭が下がります。

汝と我相寄らずとも春惜む

〈なれとわれあいよらずともはるおしむ〉

昭和十三年作／句集『國原』所収

遠く離れ住む友を思いつづけている人の情がこの句の柱でしょう。人のこころの真実はいかなる状態にあろうとも変らずにありたいと思います。春を惜しむ四季のこころは、即、人生のこころでありたいものです。胸がぽっとあたたかくなる青畝の作品です。

二タ色に断たれたる海鱚を釣る

〈ふたいろにたたれたるうみきすをつる〉

昭和三十年作／句集『紅葉の賀』所収

快晴の海は潮の色をはっきりと見せます。

掲句のように、二色に分けて、あくまで紺青です。そんな日は釣糸に餌をつけて海面に落すとすぐ魚信があり、引きも強く指につたわりたのしいものです。青畝の作品は鱚釣りを見ておられた場面でしょう。シロギスは美味です。ヤギス（アオギス）は殆ど釣れなくなったそうですが食べるには何といってもシロギスでしょう。上掲の釣りの現場が単純に表現されている作品は、視点が定まり写実力が鍛えられてこその手柄です。

アロハ着て安息日の主人かな

〈アロハきてあんそくじつのあるじかな〉

昭和三十一年作／句集『甲子園』所収

「安息日は人のためにもうけられた」（マルコによる福音書第二章二十七節）

青畝先生の自画像です。週に一日、神とのつながりのなかで憩いを持つ日を安息日といいますが、この日先生はアロハ姿でくつろいでおられるのです。アロハという大きくゆったりしたサイズ、派手な柄も安息日の家庭着にはもってこいです。

主宰の仕事は多事多忙、さらにその前に自ら作品を生みつづける俳人です。青畝にとっての俳句と信仰は同意義のもので、神の創造物を讃美することが一句を生むことであったにちがいありません。この句から己れ自身も対象物として詠みこなす客観性を教えられた思いがします。

ほの赤き塩こぼれ日日梅を干す

〈ほのあかきしおこぼれひびうめをほす〉

昭和二十二年作／句集『春の鳶』所収

『自註句集・三宝柑』に、「この句は南部で出来たのか、わが故郷の思い出を詠んだのか、もう忘れてしまったが、とにかく暑いじぶんに目がくらみそうな太陽の下に干してある梅の実である」とあります。

梅の実を干している実景を写実で描き、酸っぱい空気と実感を表現しています。皺が生じて塩気が凝る、その塩は赤くいろづいて、毎日毎日干しつづけたという真実に感動をおぼえます。俳句とは描くもの、日本語でもって描くものなのです。頭の中で作するものではないことがよくわかり、教えられます。

天の川垂れて伊良虞は島ならず

〈あまのがわたれていらごはしまならず〉

昭和三十七年作／句集『甲子園』所収

季語は天の川です。

伊良虞の島とは伊勢の方から海上の伊良虞を見ている情景です。海から見ると島のように見えたが実は島ではないと表現されたのです。目前の渥美半島の地つづきの向うにかけて、天の川の美しいロマンティックな夜空が垂れていたのだと思います。伊良虞は万葉集の中より麻続王《おみのおおきみ》の

うつせみの命を惜しみ浪にぬれ伊良虞の島の玉藻刈り食《お》す

から。当日、蒲郡、伊良湖吟行があり心はずみ、古典に造詣深い青畝先生の斡旋です。

おちつきのある冬鵙となりにけり

〈おちつきのあるふゆもずとなりにけり〉

昭和三十七年作／句集『甲子園』所収

鵙は秋には猛禽とされ、大きい生餌を捕食、キイ、キイ、キイ、キキキキキ、キチキチキチと鋭く鳴きます。昆虫、とかげ、蛇、魚、ねずみ、かえる、小鳥などを餌としています。声は高く、喧しく、好くありません。

掲句は鵙も最盛期を過ぎ、冬ともなれば冬鵙とも呼ばれ高鳴きもなくなります。しかし、冬とてもその声は鋭いものですが、なんとなく冬独得の景観にもふさわしく、青畝先生の表現されたように、おちついた感じがするのです。初冬の空間をつんざくような鵙の声は身がひきしまるようであってなかなか風趣に富みます。

出刃を呑むぞと鮟鱇は笑ひけり

〈でばをのむぞとあんこうはわらひけり〉

昭和五十九年作／句集『除夜』所収

　掲句は一度聞いたら忘れられない凄い作品です。鮟鱇が出刃を呑む、そして笑うというのだから不気味といえます。しかし、目の前に鮟鱇を見たとき、たしかに笑っているような愛嬌、即ち、俳諧味は胸に迫ります。大阪では黒門市場で河豚にならんで人気があります。鮟鱇の口は私など姥口だと思います。この句、リアルに鑑賞すると、いまから捌かれる鮟鱇に近づくきらりと光る出刃と、ニタリと笑いながら呑んでやるぞという面持ちでしょうか。性根の坐った鮟鱇です。

　客観写生に納まりきらぬ青畝先生の気魄、大人ぶりを知るのです。

福寿草襖いろはにほへとちり

〈ふくじゅそうふすまいろはにほへとちり〉

昭和五十三年作／句集『不勝簪』所収

正月、座敷に福寿草が飾られています。その近くの襖には、いろは四十七字がものやわらかな書体で散らされています。福寿草のちんまりとした黄色に墨字がふっくらと似合います。

掲句のたのしさは、下五をほへとちりで止めている省略です。言わば省略の妙です。余意余情がにじむ床しさです。

実は、ぬるをわか……ゑひもせすとつづくことを思えばよいのです。

紅梅も今は枯木の仲間かな

〈こうばいもいまはかれきのなかまかな〉

昭和四十八年作／句集『旅塵を払ふ』所収

季語は紅梅。枯木ではありません。

青畝自註句集より抽きます。

「紅梅の蕾が非常に小さい、春がなかなか遠いことを思いつつ眺めた。（略）しかし私は信じている。咲いたときのすぐれた美しさやあでやかさを」

掲句を味わってみると紅梅への思い入れの深さを知ります。更に人のこころの深さ、根気忍耐がたとえようなく優しいことがわかります。

まるで枯木のように見える紅梅の枝々が、すでに沈黙のうちに地道に花ごしらえをしている健気さをよしよしと頭でも撫でているかのように。

流し雛スクラム組みて常世行

〈ながしびなスクラムくみてとこよこう〉

昭和四十二年作／句集『旅塵を払ふ』所収

三月三日の夕方は、雛流し行事があります。

雛流しは自身の禊の代わりに穢れを払って移した形代の人形を流した風習をいまに伝えます。紀州加太の淡嶋神社では白木の雛舟に人形を山と盛り流します。雛はもと人形《ひとがた》として神送りするものでしたが地方によって流し方が異なります。掲句はスクラムというユニークな措辞を使っているところから鳥取の流し雛でしょう。雛ががっちり腕を組んで横隊を作り、さんだわらに乗せられて、ゆっくりと子供の手で水際から流されます。鳥取の知人から、その人形（和紙で作られています）をいただいたことがありますが、青畝先生の俳句はいつも素朴で第一直感をさらりとできるだけやさしい言葉で表現されています。

芳草の第一番が蕗の薹

〈ほうそうのだいいちばんがふきのとう〉

昭和五十六年作／句集『あなたこなた』所収

春の草を芳草といいます。

この句では春の草として第一番に登場するのが蕗の薹だというのです。土手や藪の中にみどり色の草が見えはじめます。何の草かと訝ってみると蕗の薹でした。地面に這いつくばっているようで、はじめは草とも見えないものです。何か紫色をおびた草なのですが、それがいつのまにか苞をやぶって何ともいえない早春の趣の香りを発します。

合掌をするような形の蕗の薹こそ春の到来を告げます。掲句の中七の真実はおもしろみにつながります。

なにも居ぬごときが時の金魚玉

〈なにもいぬごときがときのきんぎょだま〉

昭和七年作／句集『國原』所収

まるで万華鏡とも言える金魚玉の変容は美しいです。それは只の丸いガラス鉢だけに見えるときもあります。掲句は金魚自身のうごき、光彩による物理的現象で金魚が消えた一瞬の虚しさを詠みました。

松本たかしは夕焼にたとえました。青畝はその陰をとらえました。

一歩にてをどる釣橋螢の夜

〈いっぽにておどるつりばしほたるのよ〉

昭和三十八年作／句集『甲子園』所収

螢のとぶこの渓谷は和歌山県龍神温泉です。

温泉に泊り、螢を探し夜散歩された時の作品です。

釣橋に一歩足をかけたときぐらりと動いた瞬間を誰にでもわかる平易な言葉で表現しました。

この渓谷は龍神の鮎ともよばれる釣人にはあこがれの地です。嶺々が重なり合って昼でもほの暗いのです。夜ともなれば真っ暗で渓流の音だけがひびく静寂な山村です。

端居して濁世なかなかおもしろや
〈はしいしてじょくせなかなかおもしろや〉

昭和二十二年作／句集『春の鳶』所収

一日も暮れ夕涼みをしながら濁りけがれた世を歎くことなく、しっかり見据え達観した境地を詠っています。達観とは全体をよく観察、真理、道理をよく知り何事にも動じないことです。

私の存じ上げている青畝はいつも穏やか。自分の方から話される、というよりも聞き上手で太っ腹なお方でした。一口に言えば、柔和、謙遜のお人柄といってよいです。そして諧謔を解される人でもありました。

時として「句作りは大所高所、傍目八目やで」と関西弁でゆっくりと私に諭してくださいました。

老人のヘルンを語る秋の宿

〈ろうじんのヘルンをかたるあきのやど〉

昭和七年作／句集『國原』所収

青畝自註より抽きます。

「虚子が〈くはれもす八雲旧居の秋の蚊に〉と詠んだときに同伴していた。老人はヘルンの教え子で諄々と説明してくれた。淋しい士族屋敷だった」

掲句のヘルンは小泉八雲（ラフカディオ・ハーン）のこと。季語「秋の宿」の持つ意の深さに旅情がこもります。何か藍色を帯びるような寂とした深秋の味わいを感じます。

中七の表現に人物の様子がかもしだされ俳のこころを見ます。

雨の中の雨が太藺に凝りにけり

〈あめのなかのあめがふといにこりにけり〉

昭和四十一年作／句集『旅塵を払ふ』所収

太藺は姿のよい植物で高く伸びた先の方に花をつけます。梅雨の雨が降りそそぎ、「雨の中の雨」とも表現された選りぬきが太藺の花にとまります。またすっと伸びた茎をすべり落ちるのもあります。雨と太藺、太藺と雨の睦みあいを見るようでもあります。写生句の含蓄、おもしろさを教えられます。

平成二十六年〜二十九年

一輪の龍胆餐けよ鶴の墓

〈いちりんのりんどうけよつるのはか〉

昭和二十九年作／句集『紅葉の賀』所収

山口県八代は鍋鶴の飛来地です。しずかな山村の田んぼにうす墨色の鶴があそんでいる風景は平和です。村あげてこの鶴の飛来を待ち、大切に対応しています。小学生は村の掲示板に鶴の観察項目を几帳面に掲示します。また番屋があり早朝から灯をともし番屋守が鶴を見守ります。この村の高台には小さな撫肩ともいえる鶴の墓があります。誰彼となく村人が、旅人が訪れて花を手向けるのです。

掲句はこの地を訪れた青畝が竜胆を供えられました。鶴の墓にむらさき色の竜胆はよく似合いおくゆかしいことです。

旧皇居梅の山家と異ならず

賀名生堀邸

〈きゅうこうきょうめのやまがとことならず〉

昭和二十六年作／句集『紅葉の賀』所収

旧皇居とは掲句では賀名生《あのう》をさします。大和五条の駅から南へ、十津川に向う途中に名高い梅林があります。「賀名生皇居」と板額のかかった藁葺の門があり、門をくぐると大茅葺（屋根替に六千貫を要するという）の母屋があり、南朝の後村上天皇の皇居史蹟となっています。

青畝はその一室を借りて句会場としましたが、調度は墨のように煤け、床はゆれるほどにいたんでいて、いやしくも皇居という実感はなくその辺の同じような山家と感じたようですが、そこにおのずから頭の下がる思いをされたにちがいありません。

ここに〈南朝の末の末とし鯉幟〉の青畝句碑があります。

南都いまなむかんなむかん余寒なり

〈なんといまなむかんなむかんよかんなり〉

二月堂修二会

昭和五十五年作／句集『あなたこなた』所収

声に出して読むと何ともリズム感のある踊り出しそうな句です。南都とは京都を北都というのに対して奈良のことをいいます。即ち平安京を北都といい、平城京を南都といいます。

東大寺の一番大きな行事、お水取は三月一日から十四日まで。二月堂の十一面観音に罪障を懺悔する十一面悔過《けか》法が厳修されます。はじめは「南無観自在菩薩」と唱し、だんだん高潮するにつれて「南無観自在」となり遂には「南無観」の連呼となります。

掲句は韻を踏んであることに気がつきます。

「なん」「なむ」「かん」「なむ」「かん」「かん」のことばの響きがお水取だけ

に余寒と通じます。この句は、自然にできた句で、無理に言葉を整えたわけでなく、青畝特有のユーモアたっぷりの句です。

蝶の昼棺の木乃伊になりたしや

〈ちょうのひるかんのみいらになりたしや〉

昭和三十七年作／句集『甲子園』所収

川端龍子作「夢」（中尊寺ミイラ）を鑑賞して。

この句は中尊寺光堂修理のとき、藤原三代のミイラが調査され、それを川端龍子が画材として扱ったものです。この展覧会の絵を見て鑑賞され掲句を作られたのです。青畝ご自身「棺の木乃伊になりたしや」と蝶の夢ともいう画面に「陶然と酔っていたのだろう」と自句自解しています。幻想的であり、「蝶の昼」の季節感に溶けあっています。洒落た作ともいえます。

俳諧のあやめ結ばむ禿頭
〈はいかいのあやめむすばむはげあたま〉

平成元年作／句集『西湖』所収

なんとお洒落な一句よ、と思います。さらに青畝日記に禿頭と「自嘲したらと思いもする」と書き、幅の広い、懐の深い九十歳時の作品です。
芭蕉の句に〈あやめ草足に結ばん草鞋の緒〉がありますが青畝の掲句の上五の古典的表現が下五に至って一転、自画像を詠ってシャイに平常心をのぞかせています。芭蕉の句に倣ってあやめ草の緒でとくとうに結ってみたいと思われたのでしょうか。写実のおもしろさ、人柄の愉しさのあふれた作品です。

生駒より峰山高し麦刈れば

〈いこまよりみねやまたかしむぎかれば〉

大正七年作／句集『萬両』所収

『青畝風土記』に「峰山は畝傍山のことなり」と記されています。畝傍山は妻争いで有名な万葉の歌枕である香具山の歌の「雲根火雄男志等……」を「雄々し」と読むか、「を愛し」と読むかによって男性か女性に分かれます。掲句は畝傍女性説です。さてこの句の鑑賞は生駒山（標高六四二米）より麦刈が終わった峰山は一段と高く見えるよと青畝の故郷（高取）を思う気持を詠っています。季語麦刈は大変な労働で麦扱、麦打ちとつづきます。わが国だけの労働ではなくイタリー民謡にも、ちょいと姉ちゃん何処へ……ではじまる麦刈、麦打ちで咽の渇いた女性が水汲みにゆく歌があることも掲句に関連させると奥行ができておもしろいです。

からくりは貝一枚よ走馬燈

〈からくりはかいいいちまいよそうまとう〉

昭和五十三年作／句集『不勝簪』所収

夜店などでずらりと吊りならべ、涼し気にくるくると廻っている燈籠を走馬燈ともいいます。

枠を内外二重に作り、内枠に貼った切抜き絵が、外に貼った紙または薄い布に回りながら映るように仕掛けた燈籠です。内枠は軸の上部に設けた風車が蠟燭の熱によって上昇気流を受けて回転します。その回転をよくする為に、心棒を小貝にのるようにしています。掲句は何の説明もしないで「からくりは貝一枚よ」とあっさりと表現、とにもかくにも俳句表現の骨子を詠っています。

寝待月雲より落ちて照らしけり

〈ねまちづきくもよりおちててらしけり〉

昭和二十五年作／句集『春の鳶』所収

秋には月の呼び名が多く、どの月も詩情がそそられます。初月、二日月、三日月、夕月、待宵、名月、無月、雨月、十六夜、立待、居待、寝待、更待というように美しい呼び名です。

掲句は寝待月を詠っています。この頃には月もよほど欠けています。中七の「雲より落ちて」が心の投入の焦点です。月が雲より後しざりして、うすら寒ささえ感じます。

わが門に西の虚子忌といふ季題

〈わがもんににしのきょしきというきだい〉

昭和四十二年作／句集『旅塵を払ふ』所収

虚子忌は四月八日、西の虚子忌は十月十四日です。関西では叡山に虚子塔が立っているので、この塔に詣でて虚子を追善するのです。

横川の秋は薄が揺れ美しいです。虚子を慕う弟子たちが集い偲ぶのです。もうずいぶん昔になるでしょうか。北海道のホトトギス系俳人を横川へ案内したことがあります。ひざまずき、長い時間を頭を下げておられたことが忘れられません。

河豚宿は此許よ此許よと灯りをり

〈ふぐやどはここよここよとともりおり〉

昭和七年作／句集『國原』所収

芭蕉の俳句に〈あら何ともなや昨日は過ぎて河豚汁《ふくと》〉があるように、河豚といえば河豚は喰いたし毒は怖しの感があります。大阪では道頓堀に河豚店がならびます。ネオンをきらきら灯し「おいでやす、おいでやす」とでも言っているように。掲句は上五に「河豚宿」と表現、「宿」という言葉に時代の古風さが見えます。また、「此許よ此許よ」というリフレインに何か妖しげな、そして引きこまれそうな二の足を踏む気をさせる上手さがあります。俳句はしっかり観て、しっかり心の感動をつかみなさいと、先師青畝の弟子へのきびしさと愛を今になってありがたく思うのです。

眉できず三日月できて福笑

〈まゆできずみかづきできてふくわらい〉

昭和四十九年作／句集未収録

福笑の正月の遊びは平成のいまの世に残っているのでしょうか、またそれを知っている世代は何年くらい前でしょうかと、いつのまにか高齢になっている自分の胸にきいてみます。

子供の頃、兄妹して遊んだなつかしい思い出です。目隠しをしたまま、お多福の顔をつくるのです。眉も目も鼻もそして口も紙で作った容ちです。眉がさかさまになると掲句のように三日月になります。そばで見ているものたちは歪んで置かれてゆくお多福の顔に爆笑、また爆笑。よき時代であったと思います。

春鴉はづめる梢に身をまかす

〈はるがらすはずめるうれにみをまかす〉

昭和十八年作／句集『春の鳶』所収

この鑑賞を書いている今は寒日和。鴉が目線のどこかには止まっていたり舞っていたりします。餌を求めて町の生芥の収集日を知り、群れているときもあります。しかし大いなる神は季のめぐりを正しく行ってくださいます。どうかすると春めいた日ざしが樹々をうるおします。梢にのっている鴉は揺れている枝に身をまかせて安心しきっています。春鴉という題目ではおしなべて掲載されている歳時記は見ませんし、古くは曲亭馬琴編の『俳諧歳時記栞草』にも探ることはできませんでしたが、季に忠実なのは大事なことだけれど、心の感動がより俳句という詩型には必要だと思います。

君子好逑と見る雛かな

〈くんしのよきつれあいとみるひいなかな〉

昭和三十五年作／句集『甲子園』所収

「君子好逑《くんしのよきつれあい》」の句は、中国で最古の詩集『詩経』の中の一節に心打たれて仕立てられた一句です。『詩経』には「君子于役」夫の留守を守る妻の歌とか、「君子陽陽」夫の旅行中を気づかい、安否を気づかいつつ、かえりを迎えよろこびを共有するという詩もあります。掲句は飾られた男雛女雛をじっと眺め入り、まこと夫婦仲が良いなあ……とほほえましく『詩経』の一節一節をうべなっているのです。

春月の国は湖沼に富めりけり

〈しゅんげつのくにはこしょうにとめりけり〉

昭和五十二年作／句集『不勝簪』所収

はじめに青畝の短歌を掲げます。

わが旅のストックホルム、オスローと行く先々にたんぽぽの絮

昭和五十二年北欧白夜の旅をされました。そのときのリズムよろしき短歌です。句も勿論、そのときのもの、俳人の余裕を感じるものです。この春月の句はフィンランドでの作、全土の一割は氷蝕湖で、三分の一は沼沢地です。母国をはなれて眺める月だけに郷愁をさそい、日本では「朧月」であろうと想われたことでしょう。この大きい捉え方は機上からの眺めかも知れません。俳句でつくりにくいときは短歌でもという、自在な青畝先生でした。

乱好む太刀にあらずと飾りけり

〈らんこのむたちにあらずとかざりけり〉

昭和二十八年作／句集『紅葉の賀』所収

戦国時代の太刀はいくさにはなくてはならぬ武具でした。五月の端午の節句に太刀を飾りつつ、この太刀は乱をするためのものでなく、むしろ平安な世をねがう美しい飾りであると表現しています。すっきりとまるで太刀の姿を見ているかのような簡潔な仕立て方です。

海女笑ひたれば歯無しよ鮑取

〈あまわらいたればはなしよあわびとり〉

昭和四十九年作／句集『不勝簪』所収

昔は鮑取の名人であった海女さんが、陸に上がってゆったりと老境を過ごしておられる姿を思います。この海女さんは安乗や国崎のではなく壱岐だとのこと、生前つぶさに教えていただきました。掲句の中七の描写は青畝先生独特のあたたかい心の目、そしてペーソスを感じます。歯もなくなった老いの日々ではありますが健やかで昔語りもでき、にこやかな海女さんが好もしく表現されています。

羽抜鶏かくしどころも抜けにけり

〈はぬけどりかくしどころもぬけにけり〉

昭和六十三年作／句集『西湖』所収

いままでかくしどころを詠んだ俳人をあまり知らないのですが、掲句の仕立てかたに感じ入ります。

青畝先生の自解に「川柳の末摘花のごとく下品なものにしてはならない。陰部を詠んでも気品がなくては成功しない」と書いています。

季語の羽抜鶏はそれでなくても哀れな姿なのにいちばん大切なところまで抜けてしまったみすぼらしさを天衣無縫に詠っています。

この句の底の底に何ともいえぬ人間としての愛情を知ります。俳句は愛を持たねばならぬ……と教えられます。愛をこめて写生をしなければとつくづく思います。

歯のゆるぎ易く老いたり桐一葉

〈はのゆるぎやすくおいたりきりひとは〉

昭和三十九年作／句集『甲子園』所収

「一葉落ちて天下の秋を知る」という『淮南子《えなんじ》』の言葉から桐一葉は秋の季語の代表といわれています。大きな桐の葉は摩れあうだけでも何か侘しい気がしますが、それが落ちるのですから例えようがありません。バサッというような音でしょうか。その淋しさとひびきあうように己が身のおとろえを感じ、歯がゆるぎ易くなったことを叙しています。

青畝先生の六十五歳のときの作品ですが、いま平成の世から見るとまだまだ若い年代です。自分の肉体のありようからも詩の世界へ持ち込む柔らかい、ふところ深い師を思います。

アルコホルにも胃の強き夜長かな

〈アルコールにもいのつよきよながかな〉

昭和四十九年作／句集『不勝簪』所収

季語は夜長。夏の短夜に対して秋の夜長があります。実感するのは夜なべとか夜業というような十月頃だと思います。しかし、秋分の後くらいから夏の暑さも遠ざかり、よい季節と感じるようです。一寸、お酒でも酌んで夜長を楽しみたいと思う人があってもよいでしょう。上戸の人は胃が強いです。したがってたのしい酒になります。夜長のおもしろさ、夜長の解放された気分が読む者もたのしくさせます。

うつくしき芦火一つや暮の原

〈うつくしきあしびひとつやくれのはら〉

昭和六年作／句集『國原』所収

芦は万葉集防人歌にもありますが、当時は燃料としても使われていたようです。いわゆる生活必需品でした。といいますのは立派に長い芦は現在と同じように建具や屋根、簾に利用され、燃料になるのはその屑でした。暮色が深まるにつれて芦火（芦原の焚火）が燃え上がり美しくなります。掲句のすばらしいところは、中七の芦火一つという表現です。関西では近江の芦刈が有名で晩秋から冬にかけて行われます。

この句は、函館を旅したとき、レストラン五島軒の壁に青畝先生の流麗な墨書で掛けられていました。先生も揮毫されるとき、おそらくご自分でも気に入っておられたようです。

新薬師寺

隙間風十二神将みな怒る

〈すきまかぜじゅうにしんしょうみないかる〉

昭和六十年作／句集『除夜』所収

日本最古の十二神将の塑像を表現。奈良公園に近い新薬師寺本堂の薬師如来坐像を囲んでどれも忿怒の顔をしておられます。中でも伐折羅大将は天平の忿怒像として有名です。

季語の隙間風はそのお堂の古びた様子をじわりと伝え、絶妙です。十二神将は衆生を守護する神でもあります。室生寺の土門拳の写真でも知られています。きりりとした顔立ちに心が引きしまり、拝観していて時を忘れてしまいます。青畝先生はループタイとして彫物の伐折羅大将を身につけておられました。おしゃれな師を思い出します。季語の直感をいつも教えられました。

卵黄のごとくに日あり冬の雲

〈らんおうのごとくにひありふゆのくも〉

昭和二十五年作／句集『春の鳶』所収

比喩の句です。「……のようだ」という直喩は誰もからなるほどと共感されることが大切です。冬の雲は重々しい感じですが、ゆっくりとうごく雲の間からのぞく太陽は朱色であたたかい気持を人につたえます。まるで卵の黄味のように円いなあ……と感動している作品です。

比喩は文芸用語。比喩が俳句のような短詩型に多いのは、比喩が巧みであればそこから受けるイメージが強くその機知に誘われるためです。これを直喩（シミリ）といい、「ごとく」を取り去って「AはBである」という方法は暗喩（メタファー）といいます。

凍鶴が羽ひろげたるめでたさよ

〈いてづるがはねひろげたるめでたさよ〉

大正十四年作／句集『萬両』所収

雪に立つ鶴は凍ての極み、みじろぎを見せません。突然、凍鶴が羽をひろげました。なんともまあ、めでたい姿よと感嘆しています。この鶴は丹頂鶴でしょう。下五の〝めでたさよ〟の措辞から鶴の代表丹頂を思いました。大形で羽毛は主として純白色。頭頂には赤色部があり、頰、喉は黒色。尾に見誤られる黒色の羽毛は風切羽の一部で真の尾羽は白色。

鶴の姿を見るのは今では北海道釧路地方ですが、私は雪が霏々と降る日、動物園へ防寒衣をまとい、鶴を見にいきます。掲句のような瞬間を見たいと思う一心です。先生の写実を学びたい日々でした。

氷紋の窓のみどりや日本晴

〈ひょうもんのまどのみどりやにほんばれ〉

昭和三十四年作／句集『甲子園』所収

山小屋で目を覚ましたことの経験ある人ならこの句境はよくわかるでしょう。山小屋は四方ガラス張りが多く、夜ぐっと温度が下がると氷の美しい紋が張りつきます。そんな日は日本晴で眺望三六〇度とでもいいたいです。氷紋とは寒気の凝縮です。関西では御在所岳の山小舎も眺望三六〇度で、窓ガラスに模様が入っているのを何度か眺めたことがあり、その氷紋の清潔さ、自然のおりなす神さまのみ業に感激しました。

これこそは美爪術《マニキュア》したりさいたづま

〈これこそはマニキュアしたりさいたずま〉

平成二年作／句集『宇宙』所収

さいたずまは山道を歩いていると斑点のある高さ一メートル余りの野草。ポキンと折って皮を剝いて童ごころに嚙むとすっぱいけれどおいしいです。「さいたず（づ）ま」とは虎杖《いたどり》の古名。「たちひ」ともいいます。ウドに似て、紅色・微紅の斑点があります。その皮をマニキュアと見立てたおもしろく若々しい青畝の作品です。頭の中がやわらかくて何にでも感動します。そしてボキャブラリーの宝庫でいらっしゃるのだと思います。さいたずまは干して山村の料理としてもなかなかおいしいです。

さいたずまは「先立葉」の転から先立妻の義で、妻は「若草のつま」と言うように心でなつかしむ意もあります。自由自在な青畝先生の境地です。

苔につくまでの大きな春の雪

〈こけにつくまでのおおきなはるのゆき〉

昭和二十一年作／句集『春の蔦』所収

苔はやわらかいです。そこにふわりと落ちてくる雪は音もありません。まるでスローモーションビデオを見ている気分です。これだけの観察をなさっている先生の心のゆとりに詩魂を教えられる思いがします。

やはらかな芦にあやめは咲いてをり

〈やわらかなあしにあやめはさいてをり〉

昭和十一年作／句集『國原』所収

山地や原野、湿原に咲いているあやめはいいものです。早春ほつほつ角ぐむ芦も春はやさしくやわらかいものです。あやめはその芦に守られるように咲いているのでしょう。

人工的な庭園のあやめでないところがこの句のよさで、なつかしい思いさえします。

『自選自解』には「古来夏の季として詠まれたあやめとか杜若とかに夏の情緒のあるためなのか、もはやそこに、たとえば哨兵のごとくに夏がやってきたのかというような驚きをおぼえる。（略）散文的な叙法は散漫になり易い。しかしリズムを考慮して情緒を出している」とあります。

葭切の小雨の中の羽づくろひ

〈よしきりのこさめのなかのはづくろい〉

昭和五十九年作／句集『除夜』所収

梅雨期の水郷は葭切が鳴いてにぎやかです。葭切が葭のてっぺんに止まっていたり、飛び交ったり、なかには羽づくろいをしているのもあっておもしろいです。葭はよく茂り川風に吹かれると荘厳でもあります。私は桑名でその蛤市でも有名な川べりを歩きました。揚舟が三艘四艘はなればなれにありそのあいだを舟釘を拾ったり葭切のおしゃべりを聞いたりしました。

船津屋あたりまで歩くと葭切の大合唱、ふと見ると葭切の根もとに浮巣があったり、それはそれはたのしいです。掲句の羽づくろいはさすが先生の着眼点。葭切の羽づくろいは丁寧、風で乱れた羽を舐めて整頓します。鳥は風上へ向いて止まるのも習性です。

大空の八隅に奏で法師蟬

〈おおぞらのやすみにかなでほうしぜみ〉

昭和三十七年作／句集『甲子園』所収

『自註阿波野青畝集』によると、「山の上の展望台に立った。西日はいささか衰えたころあちこちからつくつく法師の喊声が起る。リズムに変化を与え、山彦も共に大交響楽となる」とあります。

掲句を味わうと天体の中の法師蟬の存在を思います。中七の「八隅に奏で」とはこのような心の深さ、言葉の力を教えられます。

つくつく……と鳴く声を聞くと炎暑を喘いで過ごしていた身には秋が来たよろこびにうちふるえます。

青畝よむ数の間ちがひ鉦叩

〈せいほよむかずのまちがいかねたたき〉

昭和五十九年作／句集『除夜』所収

鉦叩は別名が多いです。江戸時代には鍛冶屋虫と呼ばれていました。鳴き声が印象的でチンチンチンと鳴きます。そのチンチンチンの数を読みちがえたと、おそらく少年時代の思い出を作品化されたのでしょう。青畝は耳疾があり何かと音には不自由されていたようです。私など、先生と会話させていただくときは、左側に坐ることを心得ていたことがなつかしいです。そろそろ鉦叩の聞かれる秋色を待つこころです。鉦叩はこおろぎの仲間でひそやかに鳴きます。可憐な声でささやいているようです。

立並ぶ柳どれかは散りいそぐ

〈たちならぶやなぎどれかはちりいそぐ〉

昭和十四年作／句集『國原』所収

街路樹として植えてある柳はおよそお堀端並木です。柳は芽吹く美しさ、散りはじめる美しさが魅力です。掲句はそれ以上の視点を捉えています。いつもいっせいに散っているように思いますが下五の「散りいそぐ」が先を争うようにという感じを表現。冬を目前にした季節感がデリケートに内包されています。短詩型のおもしろさを見ます。

蟹味噌をせせりやめざる箸の味

〈かにみそをせせりやめざるはしのあじ〉

昭和六十二年作／句集『西湖』所収

青畝は兵庫県香住《かすみ》に愛着がおありのようです。日本海に面する香住は冬ともなれば濤の高さは天を突きます。私も青畝先生ご一行の旅に同道させていただいたことがあります。余部《あまるべ》の鉄橋、円山応挙で有名な大乗寺がありますが、香住といえば蟹、だから冬の大雪の頃がよいのです。香住の漁村を歩くと蟹を大釜で茹でている湯気が匂います。宿は粗末ではありますが蟹は豪華、大きなマツバガニの身は白く旨いです。

とくに、蟹味噌は絶品、掲句の下五の措辞にそのおいしさを知ります。箸を舐める旨さは子供のようにしあわせ。こんな句をいつか私も作りたいと思います。

ベツレヘムの星と思へば悴まず

〈ベツレヘムのほしとおもえばかじかまず〉

昭和五十九年作／句集『除夜』所収

冬も十二月となれば夜空にかがやく星はきらびやかです。私などクリスマスが近くなったのだと単純によろこびます。

地中海とガリラヤ湖の中間にあるナザレの町の地下洞窟で、聖母マリアは大天使ガブリエルから男の子を産むこと、即ちキリストを産むことを告げられます。その通りマリアはベツレヘム（標高八百メートルに近い山地にある村）の旅宿の厩で男の子を産みます。このとき東方の三人の博士がベツレヘムに輝く星を目じるしにキリストを拝みにいそぎました。この神の子キリストを信じる青畝は寒さを感じずむしろほのぼのとするという敬虔な一句です。

摩耶埠頭

コンテナの八重垣なして国の春

〈コンテナのやえがきなしてくにのはる〉

昭和五十八年作／句集『除夜』所収

この句のおもしろいのは中七の〝八重垣なして〟の表現です。『古事記』の須佐之男命《すさのおのみこと》と櫛名田比売《くしなだひめ》との祝婚歌〈八雲立つ　出雲八重垣　妻籠みに　八重垣作る　その八雲垣を〉の中の言葉を引用してあることがたのしいです。

コンテナが八重垣のように整然と積みならべられているよ……との見方がなかなか。コンテナの積んである場所柄は埠頭です。「国の春」は日本の国のおめでたいお正月よ……の意です。

伐口の大円盤や山笑ふ

〈きりくちのだいえんばんややまわらう〉

昭和二十一年作／句集『春の鳶』所収

山が伐採され今までの暗さが一度に明るくなりました。伐り株は白々とまるで大円盤のようでたのしいです。なんだか廻っているように見えます。春到来、眠っていた山が起きて笑ったのです。句を詠んで味わう人が幸せになる、こんな桃源郷のような俳句を作りたいものだと思います。

セメントを詰められ桜老いにけり

〈セメントをつめられさくらおいにけり〉

平成元年作／句集『西湖』所収

セメントを詰められている桜の幹を誰もしみじみと見ることはあまりないと思います。樹医と呼ばれる人の手厚い保護を知らねばと思います。

青畝の鍛えに鍛えた写生力、老いたる桜へ生命力を与え愛をそそぐ詩情に、俳句の奥行、その芸の高さ、風格を教わるのです。いつも思いますが、句を作るときには優しい優しいこころがなければならぬと反省しきりです。

一点の早蠅清浄白牡丹

〈いってんのさばえせいじょうはくぼたん〉

昭和五十三年作／句集『不勝簪』所収

白牡丹に蠅がとまりました。白い世界に一点の蠅。清浄さが五月蠅《さばえ》によって引き立ちます。五月蠅も生きとし生けるもの。白牡丹にすわと吸いつけられるように止まったのです。直感直叙こそ俳句の神さまが拍手してくださるのだと思います。

感じる心を大切に、いくつになっても初心をまず大切にしたいです。

糸取や蠅の居しがむ姐被り

〈いととりやはえのいしがむあねがむり〉

大正十四年作／句集『萬両』所収

生糸を取る作業を詠んでいます。繭を鍋に煮て独特の臭気の中で働く女性。姉さまかぶりの手拭に蠅がじっとうごくも、うごかぬもあって、うるさいのです。琵琶湖畔の過疎の部落でひっそりと、黙々と、働く女。根気の要る仕事。中七の「居しがむ」とは念の入った表現です。日本語はなかなか幅広く、深く、デリケートと思います。推敲をしてこそ俳句はまったりとなるのでありましょう。

古町の星の手向はむかひあふ

〈ふるまちのほしのたむけはむかひあふ〉

昭和三年作／句集『萬両』所収

昔町の道は狭く七夕まつりの手向の笹はむかいあって手向けられています。青畝先生にとっての古町とは城下町として残る高取町（奈良県）です。富山県と並ぶ大和の置薬として有名です。門川が流れ自動車の対向も無理という昭和のはじめの風景です。

鰯雲網子の一生はてしらず

〈いわしぐもあごのいっしょうはてしらず〉

昭和三十年作／句集『紅葉の賀』所収

熊野灘での作。黒汐のながれのなかに小さな漁船が見えました。鰹を獲っているのだと思います。

人にはいろいろの生業がありますが、漁師は板子一枚の下は地獄。命がけの仕事、腕一本で支える職業は過酷であり、ひたすら家族への愛であります。秋の空は波のような雲の美しさ。下五の「はてしらず」は、一天も海の仕事をする男はと、解釈したいのです。自然を尊敬して俳句は作るものと思います。

あとがき

阿波野青畝先生は平成四年十二月二十二日に帰天され、本年で二十六年の歳月が経ちました。師が逝去され誰方もがそうであるように呆然自失の日がつづきました。あるお方から「慧子さん、先生のお姿は亡くとも、先生は先生の作品の中に居られるよ」と力強いはげましをいただきました。

まもなく俳句への情熱と師恩に気がつきました。自作の発表の場が欲しく微力を承知の上、俳誌「葡萄棚」を起ち上げました。その第一頁に「青畝俳句散歩」を連載、青畝の膝下での生まの薫陶をありがたく、なつかしく思いつくままに書きつらねました。総じて私にはきびしい師でありました。

人がゆっくりしようと思う年末をめがけて下手くそな俳句を送ってくるのだから腹が立った。けれども採れる句があった、すんまへん、すんまへん、神さまの御心を思い、作品を見せてもらった……今年はこれでお終い、いまからワインをのんで、ほんわか、ほんわか、また来年お作を見せて下さい……よいお年を……。

青畝

このようなお手紙をいただきました。

また、ある日、先生は「こんな句ができたけど、どうやろな、文法がまちがっているというのがおるだろうけど、ボクね、俳句は表現がカチッといったときは文法に適っているとおもうのや」とお句を披露して下さいました。

小さなことにはこだわらない心の大きなお方でありました。

さてこの連載の拙文をもって先生のお作の鑑賞文を一冊にまとめてはと私のごく親しい人々がすすめてくれました。天国の青畝先生は「あんた、この鑑賞ちがうがな」……とニヤリとされそうですが、私の先生への感謝をこめて、お一人でも青畝ファンになっていただければと、出版にこぎつけました。

「文學の森」の方々には大変お世話になりました。

平成三十年三月

佐久間慧子

著者略歴

佐久間慧子（さくま・けいこ）

一九三七年九月九日、大阪市に生まれる
六三年、阿波野青畝の「かつらぎ」に入会
八十一年に句集『聖母月』刊、八十六年に句集『無伴奏』刊、同書により俳人協会新人賞を受賞。九十六年に『自註佐久間慧子集』、句集『文字盤』刊
九十八年、結社誌「葡萄棚」創刊、主宰となる
二〇一二年に句集『夜の歌』刊、同書により文學の森大賞を受賞
俳人協会評議員　大阪俳人クラブ理事

現住所　〒五三六―〇〇〇八　大阪市城東区関目四―二―二―二二

青《せい》畝《ほ》俳《はい》句《く》散《さん》歩《ぽ》

発　行　平成三十年五月十六日
著　者　佐久間慧子
発行者　姜　琪　東
発行所　株式会社　文學の森
〒一六九-〇〇七五
東京都新宿区高田馬場二-一-二　田島ビル八階
tel 03-5292-9188　fax 03-5292-9199
e-mail mori@bungak.com
ホームページ http://www.bungak.com
印刷・製本　潮　貞男

ISBN978-4-86438-743-9　C0095
落丁・乱丁本はお取替えいたします。